Walter W. Braun

Mord in Hintertux

Tatort Zillertal

Bibliografische Information der Deutschen Nationalbibliothek: Die Deutsche Nationalbibliothek verzeichnet diese Publikation in der Deutschen Nationalbibliografie; detaillierte bibliografische Daten sind im Internet über http://dnb.dnb.de abrufbar.

© 2017 Name des Autors/Rechteinhabers: Walter W. Braun
Überarbeitet 2020

Illustration: Walter W. Braun

Herstellung und Verlag: BoD – Books on Demand, Norderstedt

ISBN: 978-3-7392-1513-6

Inhaltsverzeichnis

Kapitel 1	Stammgäste im Zillertal	7
Kapitel 2	Eine schwierige Ehe	13
Kapitel 3	Erneut in Stumm	22
Kapitel 4	Keine Langeweile im Zillertal	26
Kapitel 5	Getrübte Harmonie	36
Kapitel 6	Etwas ist zerbrochen	41
Kapitel 7	Alleine unterwegs	46
Kapitel 8	Sommermonate in Bühl	51
Kapitel 9	Frühherbst im Zillertal	55
Kapitel 10	Auf dem Penken	60
Kapitel 11	Trennung am Schlegeisspeicher	66
Kapitel 12	Das Unheil bahnt sich an	75
Kapitel 13	Großangelegte Suchaktion	91
Kapitel 14	Ermittlungen werden aufgenommen	101
Kapitel 15	Nicht die winzigste Spur	107
Kapitel 16	Kein normales Leben	112
Kapitel 17	Ist das Ziel erreicht?	123

1

Stammgäste im Zillertal

Schon mehr als 25 Jahren verbringen Peter und Lisa Bauer aus dem badischen Bühl mindestens einmal im Jahr einige Tage ihres Urlaubs im sonnigen, idyllischen Stumm, inmitten des lieblichen Zillertals und damit in einem Ort, der angeblich den schönsten Dorfplatz in Tirol zu bieten hat.

Das Zillertal zweigt etwa 40 km östlich von Innsbruck, nahe Jenbach, vom Inntal ab. Es ist das breiteste der südlichen Seitentäler des Inn. Seinen Namen hat es von dem Fluss Ziller, der es von Süd nach Nord durchläuft und bei Strass im Zillertal in den Inn einmündet. Im engeren Sinn reicht das Tal von Strass bis Mayrhofen. Dort teilt es sich in das Tuxertal, das Zemmtal, das Stilluptal und den Zillergrund. Vom nördlichen Tal zweigen bereits bei Kaltenbach der unbesiedelte Märzengrund und der Finsinggrund mit der Tourismussiedlung Hochfügen-Hochzillertal, sowie bei Zell am Ziller das Gerlostal zum Gerlospass in den Salzburger Oberpinzgau ab. „Das Tal trennt die Tuxer Alpen im Westen von den Kitzbüheler Alpen im Osten. Im Süden, an der Grenze zu Südtirol, liegen die Zillertaler Alpen mit dem Zillertaler Hauptkamm. Nördlich davon und auf der orografisch rechten Seite des Tuxertals zieht sich der Tuxer Kamm (auch Tuxer Hauptkamm) hin. Auf seiner linken Seite (weiter nördlich) findet sich der Hauptkamm der Tuxer Alpen, wo die weichen Gesteine der Quarzphyllit- und Grauwackenzone überwiegen." [1]

---

[1] Wikipedia

Sowohl im Sommer, als auch im Winter bietet die wunderbare Landschaft und bodenständige Gastronomie dem Besucher eine beachtliche Vielfalt an Aktivitäten und einen hohen Erholungswert an. Zusätzlicher Vorteil ist, dass das Gebiet von Baden-Württemberg nicht weit entfernt und somit schnell erreichbar ist, aber weit abseits aller Hektik des Alltags liegt.

Die Gäste aus Bühl blieben in all den Jahren immer dem gleichen netten Vermieter-Ehepaar Inge und Klaus Hafner treu, die in ihrem großen Anwesen fünf gediegen eingerichteten Appartements an Feriengäste vermieten. Der Ski-Zirkus im Winter interessierte die Bühler nicht. Dafür genügten ihnen die Möglichkeiten, die sie quasi vor der Haustüre hatten. Gemeint sind die Skihänge am Mehliskopf und am Seibelseckle, direkt an der Schwarzwaldhochstraße. Ein oder zweimal im Jahr war er früher mit den Söhnen auch zum Belchen gefahren, der ihnen Abfahrtspisten aller Schwierigkeitsgrade bot. Peter Bauer war aber allgemein sowieso mehr ein Skiläufer auf den Langlaufpisten und nur gelegentlich gab es sich in das Getümmel und wedelte mit Abfahrtsski die Hänge hinab. Hinderlich waren ihm dort zudem immer die langen Wartezeiten an den Liften, mit denen er nichts am Hut hatte. Dagegen bevorzugte Lisa eher den Schlitten und vergnügte einst mit ihren Kindern und später mit den Enkelkindern auf diese Weise.

Der Sommer gefiel ihnen da in den Bergen ungemein gut. Da schätzten sie nicht nur die schönen, sonnigen Tage, nein, auch Regentage zwischendurch machte ihnen nichts aus. Dann wichen sie eben in ein Hallenbad aus oder besuchten ein interessantes Museum. Ein ganz besonderes waren zum Beispiel die Swarovski-Kristallwelten in Schwaz.

Die grünen Täler, die gepflegten kräuterbewachsen Wiesen, auf denen da und dort friedlich die Milchkühe weideten, übte auf die Schwarzwälder einen besonderen Reiz auf sie aus. Da fühlten sie sich durchaus mit den Bewohnern des Zillertals etwas seelenverwandt. Dann schätzten sie insbesondere die wohltuende Luftveränderung, sowohl im wahrsten Sinne des Wortes, wie auch im Übertragenen, die sie immer wieder ins Alpenland zog.

Das wuchtige Haus der Hafners ist im typisch alpenländischen Stil gehalten, mit viel dunkelgefärbtem Holz, was es heimelig macht und eine warme Atmosphäre ausstrahlt. Unter dem weit ausladenden Dach und auf drei Ebenen bieten die Appartements für die Gäste viel Platz und alles, was man für einen autarken Urlaub so braucht. Die über die stirnseitige Hausbreite verlaufenden Balkone laden die Gäste bei schönem Wetter zum Verweilen ein, bis am Abend dann die Sonne in der Ferne in leuchtendem Rot über dem Karwendelgebirge langsam versinkt. Wie es im Alpenraum überall lange Tradition ist, sind die Balkone vom Frühjahr bis in den Herbst hinein mit üppig blühenden verschiedenfarbigen Geranien geschmückt und bieten so eine Augenweide und Wonne für alle Sinne. Nach langen Wanderungen und einem anstrengenden Tag lädt die hauseigene Sauna die Gäste zur Entspannung ein, die natürlich von ihnen kostenlos benützt werden darf.

In den Sommermonaten sind, zum Leidwesen der Hausbesitzerin, meistens nicht immer alle Zimmer ausgebucht. Erst in den letzten Jahren entwickeln sich die Freizeitaktivitäten auch im Sommer etwas positiver, weg vom Ski-Zirkus, hin zu anderen Sportarten, wie Bergsteigen, Wandern oder Mountainbiking. Die Outdoor-Enthusiasten haben das relativ moderat ansteigende Tal zwischen links und rechts hoch aufragender Berge auch für sich entdeckt. An schönen Tagen sind inzwischen Horden von Bikern im Tal unterwegs.

Weit über Mayrhofen, der Marktgemeinde im Tal, ragt die Ahornspitze gen Himmel und ist mit 2973 Meter fast ein Dreitausender. Nicht weit entfernt dominiert der anspruchsvollere Olperer mit 3476 Meter alle anderen Berge des Zillertaler-Hauptkamms. Sattgrüne Almwiesen in mittlerer Höhenlage sind im Sommer mit bunten Alpenblumen und duftenden Kräutern verschwenderisch übersät. Sauerstoffreiche, würzige Bergluft befreit die Lungen und den Wanderer vom Stress und der Hektik des Alltags; sie macht den Kopf frei und regt alle Sinne an. Die Region ist aus diesem Grunde ideal zum Entschleunigen geeignet, wie sich das heute neudeutsch nennt.

Im Winter dagegen tobt dagegen der Bär an den endlosen Hängen des Tals und auf den bestens präparierten und mit Liften erschlossenen Flächen der Höhen. Da findet sich in den vielen Hotels und Pensionen kein leeres Zimmer mehr. Tausende Pisten-Skifahrer und Langläufer tummeln sich Tag für Tag auf den weithin bekannten Pisten und endlosen Loipen. Den Brettlfans bieten sich um Hochfügen, Penken, Hintertux und den anderen weitläufigen Skigebieten hunderte Kilometer an rasanten Abfahrten, und hinterher vergnügen sich die Massen dicht an dicht bis weit in die Nacht hinein beim Après-Ski. Offensichtlich brauchen die Menschen heute das Gefühl in der Menge zu baden und lieben das Vergnügen im Schulter an Schulter-Gedränge. Vielleicht ist das für gesellige Menschen ein Ersatz für die einst althergebrachten Großfamilien aus alter Zeit, in der noch drei Generationen unter einem Dach zusammen lebten und man sonst am Stammtisch, im Verein und anderen aktiven dörflichen Gemeinschaften den täglichen Kontakt untereinander pflegte.

Inge Hafner ist die Seele des Hauses und für die Vermietung der Appartements zuständig; das ist ihr ureigenes Reich. Klaus, ihr schwergewichtiger Mann, ist Handwerker und Maurermeister mit eigenem Geschäft. Nach alter Tradition des Tales, engagiert er sich im Musik- und Trachtenverein und auch sonst ist er - wie es sich für einen Bergler gehört - in viele andere Aktivitäten des Dorfes eingebunden. Der Mann ist überdurchschnittlich groß und ausgesprochen kräftig, das täuscht aber den flüchtigen Beobachter etwas über sein Naturell und sein Wesen hinweg. Tatsächlich ist er ein sehr gutmütiger herzlicher Typ, gemächlich, witzig - eben ein echtes Tiroler Urgestein. Für einen Obstler, Williams- oder Marillen-Schnaps ist er immer zu haben und bei einem Körpergewicht über 150 Kilo verträgt er erstaunliche Mengen dieser Destillate. Andere würden schon bei der Hälfte längst unter dem Tisch liegen.

Mit ihren Stammgästen pflegt das Ehepaar ein enges, fast familiäres Verhältnis, was mit ein Grund dafür ist, dass Lisa und Peter Bauer schon so lange und immer wieder Jahr für Jahr mindestens über mehrere Tage einen Teil ihres Urlaubs dort verbringen. Der andere Grund sind die günstigen Preise im Sommer für die Appartements. Und die Badener sind noch sparsamer als die Schwaben. Günstig ist auch, man ist von Bühl aus mit dem Auto in 5 oder 6 Stunden vor Ort, somit schnell mitten in den Bergen, und dabei in einer prachtvollen und abwechslungsreichen Alpenregion. Wenn sie keine Lust hatte auszugehen, konnten das Ehepaar sich das Frühstück, Mittag und Abendessen im Appartement selber machen. Was sie dafür brauchten, war schnell in den örtlichen Geschäften besorgt. Nicht weit entfernt gab es einen Kaufladen, wo Peter sich auch täglich seine „Bild" besorgte und somit bei den wichtigsten Nachrichten aus der Welt, und vor allem des Sports, auf dem Laufenden blieb. Selbstverständlich gehörte ein Fernsehgerät natürlich auch zur Ausstattung des Appartements, sodass auch mit diesem Medium bei den täglichen Nachrichtensendungen das Weltgeschehen verfolgt werden konnte.

Oben: Blick auf Stumm, unten: Blick vom Penken auf Mayrhofen

2

Eine schwierige Ehe

Die Bühler Ehepaar Lisa und Peter Bauer sind seit über 30 Jahren verheiratet und wohnen in Kappelwindeck, einem der älteren Ortsteile in der weithin durch die „Bühler Zwetschgen" bekannten Stadt Bühl, wo sie auch schon seit 20 Jahren ein eigenes großzügiges Einfamilienhaus mit Garten bewohnen. Ihre beiden Söhne Frank und Reiner sind längst auch verheiratet. Beide haben zwei nette Frauen gefunden, die ein gutes Verhältnis zu den Schwiegereltern pflegen. Zur deren Familien gehören jeweils auch zwei Kinder, wie wenn man sich in der Familienplanung gegenseitig abgesprochen hätte. Frank hat mit seiner Frau Ruth ein Mädchen im Alter von 4 Jahren und einen Buben mit 3 Jahren. Sein Bruder Reiner und seine Frau Edith erfreuen sich an zwei Buben, die 5 und 3 Jahre alt sind.

Die Enkelkinder verweilen zwischendurch gerne bei den Großeltern, und wenn eines oder alle zusammen kommen und bei Oma und Opa sein dürfen, werden sie, wie man es fast überall kennt, natürlich nach Strich und Faden verwöhnt. Leider wohnt Reiner in Frankfurt und Frank in Nürnberg, sodass regelmäßige Besuche nicht so oft häufig und schon gar an jedem Tag und in jeder Woche möglich sind. Die beiden Familien wechseln sich bei ihren Besuchen aber immer wieder mal ab und zu besonderen Anlässen, wie Geburtstagen, Weihnachten und Ostern sind in der Regel alle zusammen. Einer der Wohnsitze wurde dann für alle der gemeinsame Treffpunkt, also mal da und mal dort.

Bisher hat es sich mit wenigen Ausnahmen immer arrangieren lassen, dass mindestens einmal im Monat die Großeltern einen ihrer Söhne besuchen konnten oder diese kommen, überwiegend an einem Feiertag, Samstag oder Sonntag, in ihre alte Heimat.

Wenn die Enkelkinder etwas größer geworden sind, will man es so einrichten, dass sie dann jeweils eine Woche und länger bleiben dürfen oder später, die ganze Ferienzeit in Kappelwindeck verbringen können. Sowohl die Oma als auch der Opa haben sich vorgenommen, dann viel zu unternehmen und ihnen schöne Tage zu bereiten. Die Enkel sollen es richtig gut bei ihnen haben.

Leider kann man bei den Großeltern Lisas und Peter nicht mehr von einer glücklichen Ehe sprechen. Gewohnheiten und individuelle Eigenheiten haben sich längst eingeschlichen. Über die Jahre hatten sie sich auseinandergelebt und es gibt nur noch wenige gemeinsame Interessen. Nicht selten herrscht Krisenstimmung im Haus. Leicht entstehen Streit und heftige Auseinandersetzungen, und meistens sind nur Kleinigkeiten und unbedeutende Anlässe deren Ursache. Früher hat Lisa die Rechthaberei und skurrilen Eigenheiten ihres Mannes geduldig ertragen und aufkommenden Ärger wohl oder übel geschluckt; heute ist sie emanzipierter, giftet zurück und gibt mächtig contra, was ihren Mann noch mehr verärgert, gehörig auf die Palme bringt und manchmal richtig cholerisch werden lässt. In ruhigeren Zeiten geht dagegen jeder einfach seinen gewohnten und bequemen Weg und widmet sich mehr den eigenen Interessen.

Neben dem Beruf sind Peters Leben seine Hobbys. Dazu zählt einmal der Fußball, und so oft es ging, war er in den letzten Jahren mit einigen Freuden oder Kumpeln im KSC-Stadion, wenn sein Lieblingsverein, der Karlsruher Fußballverein in der 1. oder 2. Bundesliga spielte. Zudem ist er ein begeisterter Wanderer und Bergsteiger und dabei was sehr oft mit Wandergruppen oder Kameraden des DAV, der Sektion Baden-Baden, im Schwarzwald und in den europäischen Bergen auf Tages- oder Mehrtagestouren unterwegs. Zum dritten gehört er dem Vorstand im Traditionsverein RSV an, dem Radsportverein Jägerweg, der mehrmals im Jahr an irgendwelchen Korsos teilnimmt. Dazu gehört traditionell der Umzug beim Bühler Zwetschgenfest, das jährlich immer Anfang September stattfindet. Da macht er in den vordersten Reihen mit, und machte immer eine gute Figur auf den mit Girlanden geschmückten altmodischen Rädern. In allen diesen Kreisen wurde Peter einerseits wegen seines trockenen Humors sehr geschätzt, aber auch wegen seiner steten Hilfsbereitschaft und seines fundierten handwerklichen Könnens. „Take it easy", sagt der ‚Lateiner', beliebte er in der Runde oft zu scherzen.

Beruflich ist Peter leider längst über dem Zenit. Nach einer Lehre zum Mechaniker, wie es damals noch hieß, legte er später die Meisterprüfung ab und arbeitete immer schon bei Bosch. Gelegentlich kam er im beruflichen Auftrag ins Ausland, wenn Maschinen nach Brasilien oder Mexiko in ein Werk der Firmengruppe verlagert wurden oder im Werk Pretoria in Südafrika Verbesserungen und Optimierungen am Band nötig wurden. Das machte ihm Freude und dabei verdiente er gut. So konnte er sich nebenbei, trotz der Schulden für ihr Eigenheim, die eine oder andere zusätzliche Tour oder einen gemeinsamen etwas teureren Urlaub leisten. Seit Jahren nahmen aber immer mehr Ingenieure - und nicht wenige promoviert - entscheidende Stellungen im Unternehmen ein, und da zählte ein Meister nichts mehr. In Gesprächen und Sitzungen hatte er stets den Eindruck, dass Fachwissen und Erfahrung nur noch wenig gefragt sind. Die „Kopfleute", wie er sie nannte, wissen vom Schreibtisch aus alles viel besser und sie bestimmen heute, wo es langgeht; ob es einen Sinn ergibt und Nutzen bringt, spielt keine Rolle. Seit die engagierten Mitarbeiter und das „arbeitende Volk" für die Großkonzerne nur noch Kosten darstellen, war sein Verhältnis zur „Obrigkeit" im Unternehmen nachhaltig gestört und begann, die Tage zu zählen, bis er in den Ruhestand wechseln kann.

Seine Frau Lisa hatte das Schneiderhandwerk gelernt, sogar den Meister gemacht und danach arbeitete sie viele Jahre als Änderungsschneiderin in einem Bühler Kaufhaus. Diese Tätigkeit konnte sie gut nebenher machen, trotz den zwei Kindern, oder nur zeitweise etwas eingeschränkt. Später übernahm sie eine kleine Werkstatt in der Stadt, wo sie auf eigene Rechnung die Änderungen für ihre Kundschaft aus Bühl und Umgebung anbot und ausführte. Nebenher betrieb sie noch eine gutgehende Wäsche-Mangel, was weitere willkommene Einnahmen sicherte.

Viel Geld brachte ihr unter dem Strich das trotzdem nie ein, doch die Arbeit machte ihr Freude; sie hatte mit netten Menschen zu tun, war ihr eigener Chef und in ihrer Arbeit frei. Damit war sie ganz zufrieden und gewann mit zunehmendem Alter immer mehr an Selbstsicherheit, was ihr in der Jugendzeit und in jungen Jahren leider gefehlt hatte, wie sie später empfand und eingestand.

Damals war Lisa schüchtern und zurückhaltend; und so liebte sie Peter, der gerne den Macho gab und immer lieber seinen Hobbys frönte, als sich um Kinder oder gar um den Haushalt zu kümmern. Die Erziehung und alle Dinge im Haushalt blieben an ihr hängen. Nur was handwerklich im und am Haus zu machen war, das war sein Part, um die groben Arbeiten im Garten kümmerte er sich natürlich auch. Lisa durfte sich dagegen um den Gemüseanbau und zeigte auch da durchaus einen „grünen Daumen".

Mit gesteigertem Selbstbewusstsein getraute sich Lisa mit der Zeit immer öfters ihren eigenen Willen durchzusetzen und sich gewisse Freiheiten zu schaffen. Sie war sich dabei durchaus bewusst, als Frau immer noch attraktiv zu sein und eine gute Figur behalten zu haben. Dafür erwartete sie Achtung und Anerkennung, auch von ihrem Mann. In der Folge kam es häufiger zu Streit und der Haussegen hing danach tagelang schief. Von eitlem Sonnenschein konnte im trauten Zusammensein schon lange nicht mehr die Rede sein. Bei den Auseinandersetzungen bestand die Gefahr, dass Peter sehr laut wurde und er liebte es mit den Türen zu knallen, eine Eigenheit, die Lisa überhaupt nicht leiden konnte. So waren beide schon sehr froh, wenn der Alltag unspektakulär verlief und es nur bei der etwas langweiligen Routine blieb und nicht größere Dissonanzen auftraten.

Solange ihre Söhne noch bei ihnen im Haus lebten, übertrugen sich manche Zwistigkeiten auch auf sie, denn sie waren mittendrin, standen voll auf der Seite ihrer Mutter und taten dem Vater deutlich ihre Meinung kund. Das gefiel wiederum Peter überhaupt nicht, der schon von Berufs wegen gewohnt war, das Sagen zu haben. Hinzu kam, dass er von Natur aus ein Hitzkopf sein konnte und dann sehr aufbrausend und cholerisch reagierte. Kurzum, je selbständiger seine Frau wurde, umso schwieriger und exzentrischer wurde ihr Mann, und das machte das traute Zusammensein manchmal wirklich schwierig.

Trotz allen Schwierigkeiten und manchen Tagen von eisigem Schweigen geprägt, dachten weder Lisa noch Peter lange Zeit nicht an eine Trennung. Man hielt es erstens für ganz normal, dass es unter Eheleuten auch mal unterschiedliche Meinungen gibt, und Streit in einem tragbaren Rahmen gehörte dazu. „Das ist das Salz in der Suppe", argumentierte Peter manchmal in einem Anflug von Sarkasmus. Andererseits hätte Trennung bedeutet, dass sie das Haus verloren hätten, sprich verkaufen müssen. Das wollte man „ums verrecke" nicht, und so lebten beide seit längerem gezwungenermaßen oder quasi per Vernunft, jahraus, jahrein immer mehr ihr eigenständiges Leben.

Außer den Söhnen bekam die Umgebung kaum etwas von Dissonanzen in der Ehe mit. Nach außen hin galten sie als perfektes Ehepaar, wohl mit Ecken und Kanten, wie es bei vielen und vielleicht in allen Ehen so ist. Und der Homo Badensis ist an sich nicht so zart besaitet, eher in seinen Genen von den Widerwärtigkeiten aus Jahrhunderten, oder zumindest seit dem 30-jährigen Krieg, nachhaltig geprägt. Wie es wirklich aussah, bekam das Umfeld nicht mit. Dort galten die Eheleute als bodenständige Kappler, waren gerne gesehen und wohl gelitten.

Die gelegentlichen Zwistigkeiten bedeuteten auch nicht, dass sie nicht immer wieder gemeinsam etwas unternommen haben. So besuchten sie immer miteinander die örtlichen und regionalen Veranstaltungen, nahmen an Festen und Feiern ihrer Freunde teil und im Urlaub gaben sie sich einträchtig und meist auch friedlich. Lisa blieb körperlich einigermaßen fit, denn sie war von Natur aus schon äußerst zäh und drahtig veranlagt, wollte aber nicht so oft anstrengende Tagestouren oder gar Mehrtagestouren in den Bergen machen, schon gar nicht an Klettereien teilnehmen. Viel lieber nahm sie die Seilbahn auf die Höhe hinauf, falls es eine solche gab, und erfreute sich dann an den Schönheiten der Berge und an den traumhaften Aussichten von ganz oben. „Warum unnötig schinden, wenn ich auch so zum Ziel gelange kann. Alles andere, jede Energieverschwendung, verkürzt nur unnötig meine Lebenstage", gab sie diesbezüglich schmunzelnd ihre Lebenseinstellung preis, wenn sie darauf angesprochen wurde.

Ansonsten war sie gerne in geselligen Gruppen mit dabei oder nahm an der einen und anderen anspruchsvollen Wanderung teil, die dann durchaus über mehrere Stunden dauern durften. Da gab sie sich auch keine Blöße. Allgemein ließ sie aber ihren Mann lieber alleine losrennen. Er war ihr zu schnell und Lisa liebte es, lieber ihr eigenes Tempo zu gehen. Ihm war es recht so, dann war er keinen Diskussionen ausgesetzt, musste sich keine Vorhaltungen anhören und konnte seinen eigenen Gedanken nachhängen.

Ihr Haus war zwischenzeitlich abbezahlt und nicht nur das, mehrfach hatten sie dies und jenes in den letzten Jahren schon umgebaut und auch renoviert. Eine neue Dachbedeckung war zwischendurch auch schon fällig gewesen. „Auf die ersten Ziegel bekam ich 30 Jahre Garantie, nach 20 Jahren wurden aber viele Ziegel undicht, bekamen Risse und wurden brüchig, die Firma war pleite", schimpfte er über seinen Fehlkauf. Bei dem, was an Arbeiten am Haus anfiel, kam ihnen wieder die Tatsache zugute, dass Peter handwerklich sehr geschickt ist und vieles in Eigenregie machen konnte. Dafür besorgte er sich preisgünstig im Baumarkt, was er so brauchte. Und Freunde oder gute Bekannte hatte er auch, die ihm zwischendurch halfen, die mit Rat und Tat zur Seite standen. Ergänzend brachte Lisa ihr glückliches Händchen fürs Design ein, und so durften sie mit Stolz ein schmuckes Heim ihr Eigen nennen. „My home is my castle", pflegte Peter stolz zu sagen und tatsächlich fühlten sie sich in ihrem Haus auch alle wohl.

Vor dem Bau hatten die Eheleute eine Lebensversicherung über jeweils 250'000 Mark für ihn und sie im Rahmen der notwendigen Finanzierung und zu deren Absicherung abgeschlossen. Gegenseitig hatten sie sich zudem jeweils als Begünstigte eingesetzt. Die Versicherungs-Summe plus, generierte Erträge, sollte bis zum 70. Geburtstag fällig werden. Die Laufzeit war bewusst so langfristig angelegt, damit die Beiträge erschwinglich blieben. Im Zuge der Umstellung auf den Euro, wurden daraus glatte 125'000 Euro gemacht, und das haben sie durch einen Zweitvertrag für jeden auf 250'000 Euro aufgestockt. Damit wollte man nicht nur sicher sein, im Falle eines Falles das Haus nicht zu verlieren, es sollte mit den zu erwartenden garantierten Gewinnausschüttungen auch ein gutes, zusätzliches Polster für den Ruhestand werden. Davon träumte Peter wie erwähnt schon lange. „Wenn es so weit ist, dann werden wir erst einmal eine größere Kreuzfahrt machen und dann mehrfach im Jahr auf Reisen in Deutschland oder europäischen Raum gehen. Vielleicht kaufe ich mir auch ein Wohnmobil", schwärmte er von seiner Zukunft, „wenn es dann die Gesundheit noch zulässt."

Markante Kirche St. Maria in Bühl-Kappelwindeck

3

Erneut in Stumm

Wieder war es einmal so weit, das Bühler Ehepaar wollte eine Woche ihres Urlaubs in Stumm zubringen und sie hatten sich dafür rechtzeitig bei der befreundeten Vermieterin für ein Appartement angemeldet. Besonders Lisa freute sich schon seit Wochen auf die Tage im Zillertal und das Wiedersehen, die Begegnung mit Inge und Klaus. Das sollte wieder ein wenig Abwechslung in den grauen Alltag bringen und etwas Abstand von Haushalt und Arbeit brauchte sie auch. Insgeheim hoffte sie dabei, dass ihr Mann und sie sich wieder ein wenig näherkommen würden und die nächsten Jahre oder Jahrzehnte einigermaßen erträglich bleiben und sie friedlicher miteinander auskommen.

Ihr ist es nicht verborgen geblieben, dass Peter mit zunehmendem Alter immer rechthaberischer und störrischer wurde, und es fiel ihr zunehmend schwerer, seine Marotten zu ertragen. „Vielleicht trägt so ein Urlaub zur Verbesserung der Harmonie und Entspannung bei", dachte sie so bei sich. Sie wünschte sich das sehnlichst und mehr denn je, ohne mit ihrem Mann darüber gesprochen oder ein Wort verloren zu haben.

Sonntagmittag fuhren sie in Bühl los, nahmen die Querverbindung über den Schwarzwald, den Weg über Schramberg und Rottweil, von wo sie auf die Autobahn zum Bodensee wechselten und von dort auf die B 31 kamen. Bei der Klosterkirche Birnau [2])

---

[2]) https://de.wikipedia.org/wiki/Wallfahrtskirche_Birnau

gönnten sie sich eine erste Pause, hielten kurz Einkehr und bewunderten wieder einmal die barocke Ausstattung dieser Wallfahrtskirche und deren einmalige Akustik. Es war jedes Mal faszinierend, einen Blick auf die kunstvollen Malereien und Skulpturen zu werfen, und sie entdeckten dabei auch immer wieder neues.

Noch einmal pausierten sie, und nun auch etwas länger, am Tegernsee. Sie kehrten direkt am Seeufer in einem Lokal ein und nahmen dort das Abendessen zu sich. Weiter ging die Anreise längs des idyllischen Achensees und erst gegen 21 Uhr waren sie in Stumm angekommen, was niemand gestört hatte. Da es keinen Grund zum Drängeln und es bestand absolut keine Eile. „Wir sind ja nicht auf der Flucht, sondern wollen in Urlaub fahren", gab sich unterwegs Peter gelassen, was man allgemein bei ihm nicht so kannte. Oft genug hatte sich Lisa schon über seine Aggressivität hinter dem Steuer geärgert, wenn er sich über das Fahrverhalten anderer wieder einmal lautstark abreagieren musste. Zur Befürchtung, dass das Gastgeber-Ehepaar so früh ins Bett hätte wollen, gab es erst recht keinen Grund. So waren Lisa und Peter auch zu später Stunde noch herzlich willkommen und das wurde gleich begossen.

Nach der Ankunft bot Klaus schon gleich nach der Begrüßung jedem eine Flasche Bier an und servierte noch einen Schnaps dazu. Bevor überhaupt das Gepäck versorgt war, saßen sie bei den Hausleuten mit am Tisch und tauschten die Erlebnisse des letzten Jahres aus, erzählten, wie es den Kindern und Enkelkinder geht und - mit viel Lachen - was es sonst noch so zu erzählen und zum Tratschen gab. Ein paar Witze machten auch die Runde.

Einer von Peter: „Warum fahren die Österreicher mit Fahrrädern an der Grenze entlang? Damit die Schweizer sehen, dass die Nachbarn auch Kettenfahrzeuge haben." Alles lachte und schon bestand herzliche Gemeinschaft.

Niemand konnte bei diesem trauten Zusammensein ahnen, dass Peter schon lange ungute Gedanken hegte und lieber längst alleine leben wollte. Ihm missfiel zutiefst, dass seine Frau sich zunehmend emanzipierte, ihm oft widersprach und ihre eigene Meinung durchsetze. Er war es leid, alles immer erst lang und breit diskutieren zu müssen, und so sann er in mancher durchwachten Stunde in der Nacht oder wenn er alleine unterwegs wanderte, wie dies abzustellen wäre. „Würde ich alleine sein, dann könnte ich ohne schlechtes Gewissen auf Reisen gehen, Bergtouren machen und noch vieles mehr; ich wäre frei, frei, frei!"

Was seine Frau und ihn in den letzten Jahren immer wieder zusammenbrachte und Frieden schaffte, wenn es Zank und Zwist gegeben hatte, war leidenschaftlicher, einfühlsamer Sex. Sicher, auch das innige, traute Zusammensein war nicht mehr ganz so oft wie früher. Doch befruchtend wirkte es immer noch und kittete für Wochen manchen Riss. Im Bett klappte es bei den beiden jedenfalls bisher noch recht gut und dann schnurrte Peter tagelang wie ein verliebter Kater. Das gab wieder neuen Aufschwung in der Beziehung und schaffte Vertrautheit, bis der alte Trott wieder durchbrach. Nur, Peter war die seltener gewordene Bereitschaft seiner Frau zu wenig geworden und er sehnte sich heimlich nach einem Abenteuer, obwohl das im Grunde nicht seiner Natur entsprach. „Verlässlichkeit und Treue sind in meinen Augen ein hohes Gut", betonte er immer wieder und das galt ebenso für seine eheliche Beziehung und natürlich auch auf alle anderen bezogen. Da hatte er bisher auch kein Verständnis gefunden, wenn nach wenigen Ehejahren oder noch früher, jemand gleich zum Scheidungsanwalt eilte.

Wenn ihm der Gedanke an ein außereheliches Vergnügen einmal überkam, dann beschäftigte ihn das eine Zeit lang, wecke ein Verlangen, doch hinterher hatte er ein schlechtes Gewissen. Aus diesem Grunde war er bisher nicht so weit gegangen, seine

Frau zu betrügen. Doch in seine Seele und seine Gedankenwelt, in sein Innenleben, da ließ er niemand blicken. Oft dachte er an das Lied: „Die Gedanken sind frei...", das er schon häufig auf seinen Wegen laut gesungen hatte, wenn niemand in der Nähe war, der ihn hätte singen hören. Ihm gefiel einerseits einfach die eingängige Melodie und andererseits die dichterischen Möglichkeiten, verschiedene variablen Texte damit zu kombinieren, wie: „Die Getränke sind frei...", wenn zu einer Feier geladen war.

4

Keine Langeweile im Zillertal

Die vor ihnen liegenden Urlaubstage im Zillertal wollte man intensiv zur Entspannung und Bewegung nützen und täglich Ausflüge in die nähere oder weitere Umgebung unternehmen. Darin waren sie sich erstaunlicherweise einige. Kein Ziel war aber so weit, dass sie schon hätten um 6 Uhr starten müssen. „Nur nid hudle" (bloß keine Hektik) sagte Peter gerne, und Lisa war es recht. Im Appartement gab eine moderne Kaffeemaschine und die Bäckerei im Ort öffnete täglich schon früh um 6 Uhr den Laden. Dort holte sich Peter die frischen Brötchen für das Frühstück, und aus dem Dorfladen nebenan brachte er schon beim ersten Einkauf ein Glas Honig mit und ein Päckchen Butter. Außerdem musste er die „Bild"-Zeitung haben, damit er aktuell über alles Wichtige in der Welt informiert war. Besonders interessierte ihn der Sportteil und was die Zeitung über und zum Thema Fußball wusste; das war ihm gleich einer Offenbarung.

Gemeinsam frühstückten sie ziemlich wortkarg aber in Ruhe und Eintracht, wobei Peter nebenbei ausgiebig in der Zeitung las. Zwischendurch diskutierten sie, wohin sie am ersten Tag gehen könnten und ohne Umschweife einigte man sich schnell auf Fügen. Gegen 10 Uhr brachen sie dorthin auf, nachdem Lisa zuvor die Betten gemach, das Frühstücksgeschirr abgewaschen und aufgeräumt hatte. Den Weg über Kaltenbach wollten sie zu Fuß gehen. Das Tal verläuft flach und unschwer, und bald waren sie schon in Uderns und in etwa einer Stunde da, wohin sie wollten, in Fügen. Ihr Ziel war die Talstation der Spieljochbahn, mit der sie auf die Höhe zu schweben gedachten. Unverzüglich kaufte Peter die Tickets und sie bestiegen die nächste Vier-Personen-Gondel; da schwebten sie auch schon bergauf. Die Seilbahn überwindet auf 4 Kilometer rund 1200 Höhenmeter und bietet schon im Blick durch die Kabinenfenster unvergleichliche Ausblicke ins Tal und auf die andere Seite mit den vielen ihnen unbekannten Gipfel und Zacken. Fotogene Motive gab es überdies zu Hauf, bei dem langsamen, fast lautlosen bergan schweben. Zu Fuß wäre das zumindest für Lisa zu einem anstrengenden, schweißtreibenden Marsch geworden und hätte einige Stunden gedauert.

Mit der Seilbahn dagegen kamen sie in nur ein paar Minuten an der Bergstation auf 1865 Meter Höhe an. Dieser war ein Restaurant angegliedert und dort von der Terrasse aus bot sich wiederum ein weiter Blick und eine traumhafte Sicht ins Tal und zur gegenüberliegenden Bergkette, auch wenn vereinzelt Nebelfelder wie Hängematten über dem Talgrund schwebten, langsam vorüberzogen und dem Bild einen mystischen Charakter verliehen.

Von diesem Platz aus kann der ambitionierte Wanderer sich ohne größere Mühe wahlweise kürzere oder längere Strecken auswählen. Sie gingen ein Stück miteinander bergwärts und diskutierten dabei erst Alltäglichkeiten, dann familiäre Belange, und wieder traten schnell zu einzelnen Themen unterschiedliche Meinungen auf. Bald nervte das Peter so sehr, dass er einen schnelleren Gang einlegte und vorauseilte. Sein Plan ging auf, Lisa behielt ihr langsameres Tempo bei und ließ ihren Mann einfach rennen. Sie dachte dabei: „Er wird sich schon wieder einkriegen und spätestens an der Seilbahnstation werde ich ihn wieder antreffen". So kam es später auch.

Bis Hochfügen verläuft ein abwechslungsreicher hochalpiner Weg. Die einfache Entfernung dorthin dauert aber dreieinhalb Stunden. Man hatte nicht vor, gleich am ersten Urlaubstag so weit gehen zu wollen, denn der Rückweg sollte ja auch berücksichtigt werden, und selbst Peter war in einem Alter, wo er sich im Urlaub erst neu einlaufen und eingewöhnen musste. So hatten sie sich an den kürzeren Barfußweg gehalten, der über das Gipfelkreuz am Spieljoch verläuft. Bis Lisa dort ankam, hatte Peter sitzend dort auf sie gewartet.

Der kurze Aufstieg und die Mühe hatten sich gelohnt. Der Kreislauf war in Schwung gebracht worden, die Sicht war fantastisch und das langgezogene Zillertal lag ihnen direkt unterhalb zu Füßen. Hoch über ihnen schwebte majestätisch und schreiend ein Greifvogelpaar mit sparsamen Flügelschlägen. Die Berghänge zeigten sich übersät mit einer bunten alpinen Blumenvielfalt. Sie sahen überall verteilt kleinere Flächen mit kurzstieligen blauen Enzian, Alpen-Nelken und Alpenglöckchen, Silberwurz und Steinröschen, sowie viele andere, die erstaunlich an die harten Bedingungen der Bergwelt in dieser Höhe ideal angepasst sind. Zudem standen auch großflächig die Alpenrosen noch in voller Blüte. Gemeinsam erfreuten sie sich minutenlang am Bild einer harmonischen, fantastischen und dynamischen Natur. Die würzige kühle Luft, die Ruhe, die Ausstrahlung der mineralischen Felsen verschaffte ihnen vom ersten Urlaubstag an die erwünschte erholsame Energie. Nach einer kurzen Pause plante Peter aber noch etwas höher aufzusteigen zu wollen, während Lisa lieber den Weg abwärts wählte. Sie trennten sich erst einmal und jeder ging in eine andere Richtung.

In den Bergen gilt allgemein die eiserne Regel, dass niemand alleine unterwegs sein sollte. Besser ist es sogar, nicht nur zu zweit, sondern zu dritt zu sein. Denn sollte mal ein Unfall passieren oder schwerwiegend körperliche Unpässlichkeiten auftreten und man hat keinen Handyempfang, kann eine Person Hilfe holen und die andere beim Notleidenden bleiben, um der Gefahr eines

Schocks vorzubeugen. Dieses Mal war jedoch nichts zu befürchten, da die weite abfallende Fläche bis hinunter zur Seilbahnstation leicht überschaubar war. Man konnte sich eigentlich nie aus den Augen verlieren und notfalls laut um Hilfe rufen oder die in den Bergen üblichen Notfallsignale geben.

Bis Peter nach seinem Umweg, der über eine Stunde Zeit in Anspruch genommen hatte, wieder an der Bergstation eintraf, saß Lisa schon längst auf der Terrasse des Restaurants und hatte schon ein großes Glas Apfelsaftschorle getrunken. Ohne große Worte setzte sich ihr Mann an den Tisch. „Bisch jetzid au scho do, hesch gnueg fir hite?" (bist du jetzt auch schon da, hast du nun genug für heute?), empfing ihn seine Frau. Die Bedienung kam an den Tisch und sie bestellten für sich ein spätes Mittagessen.

Ungewöhnlich mild schien die Sonne an diesem Tag und die Temperatur war sogar in dieser Höhe angenehm. Das Mittagessen zog sich demzufolge etwas länger hin und inzwischen redeten sie auch wieder vernünftig miteinander. Das ist auch so ein positives Phänomen in den Bergen. Beim Wandern wird der Körper gefordert und der Geist dabei frei. Unwichtiges tritt schnell in den Hintergrund und der gestresste Mensch wird wieder geerdet, findet neuen Bodenkontakt. Hoch oben auf einem Berg steht man - bildlich gesehen - „weit über den Dingen" und die Niederungen des Alltags bleiben unten zurück und werden immer kleiner und am Ende völlig unwichtig.

In kurzer Zeit hatte Peter schon ein zweites Glas Weizenbier geleert und sich dazu noch einen William gegönnt, der den Magen aufräumen sollte. Wenn schon, denn schon, also bestellte Lisa für sich einen doppelten Espresso. „Im Urlaub darf man sich ruhig auch etwas gönnen, sonst bleiben wir zuhause, nicht wahr Peter? Dann war die Zeit gekommen, wo sie wieder die Höhe verlassen wollten, um sich ins Tal der Niederungen zu begeben. Die nächste freie Kabine ließ sie in Minutenschnelle sanft nach unten schweben. Der gemütliche Fußmarsch von Fügen ins Feriendomizil dauerte dann noch eine weitere Stunde, ohne dass es langweilig geworden wäre. Dafür gab es zu viel Abwechslung am Weg, und der historische Dampflockzug der Zillertalbahn rauschte zwischendurch auch mit sagenhaften 20 km/h ins hintere Tal, eine lange Rauchwolke im Schlepptau nach sich ziehend und überall knipsende Fahrgäste an den Fenstern.

Wieder angekommen, legten sie sich trotz des fortgeschrittenen Nachmittags noch zu einem verspäteten Mittagsschläfchen aufs Ohr. Dann musste Peter sich bei den Abendnachrichten des Fernsehens noch informieren, bevor sie in das Restaurant im Ort erneut aufbrachen. Dort bestellten sie sich ein Wildgericht zum Abendessen und bei mehreren Gläsern Wein durfte der Tag dann endlich ausklingen. Gegen 22.30 Uhr verließen sie das Restaurant, begaben sich in die Unterkunft und waren inzwischen müde genug, sofort schlafen zu gehen. Der Tag war nicht ausgesprochen spektakulär; man empfand ihn aber erfüllt und als einen richtigen Einstieg zur gewünschten Erholung.

Für den nächsten Tag war geplant, dass sie zu den Krimmler Wasserfällen gehen. Schon um 8 Uhr verließen Lisa und Peter deshalb für Urlaubstage etwas frühzeitig ihr Nachtlager. Vor dem gemeinsamen Frühstück holte Peter wieder Brötchen und die „Bild"-Zeitung im Dorfladen, dazu auch noch den „Stern", um einen Lesestoff am Abend zu haben.

Leider wurde ihnen an diesem Morgen das gemütliche Frühstück auf dem Balkon arg verleidet. Ein Landwirt sprühte in unmittelbarer Nachbarschaft aus dem Fass die Jauche mit hohem Druck 40 Meter den Hang hoch. Eine konzentrierte Wolke von Landluft zog penetrant über das Dorf und machte einen Aufenthalt im

Freien für empfindliche Nasen unerträglich. Da zogen sich die Urlaubsgäste lieber ins Zimmer zurück und schlossen die Fenster dicht.

Gegen 9.30 Uhr verließen sie das Haus. Auf der Fahrt durch den Ort stoppte Peter noch kurz beim Rathaus, ging ins Touristenbüro und beschwerte sich bei der Angestellten wegen des fürchterlichen Gestanks. „Das ist doch eine Zumutung für die Gäste", schimpfte er aufgebracht. „Das darf der Bauer", sagte ihm die Dame am Schalter kurz angebunden, „oder wie düngen die Bauern bei ihnen die Felder?" Empört verließ Peter das Büro, setzte sich ins Auto und sie fuhren Dorf auswärts in hintere Tal. Im Ort Mayrhofen zweigt die Straße ins Tal zum Gerlos-Pass ab und sie folgten nun ohne Zeitdruck dieser interessanten Route. Links und rechts gab es genug zu sehen, da wollte Peter auch von der Fahrt etwas haben. Selbst wenn sie eine längere Strecke zum Ziel vor sich hatten, gab es keinen Grund zur übertriebenen Eile. „Wir sind ja im Urlaub und nicht auf der Flucht", meinte trocken er zu seiner allgemein nicht üblichen entschleunigten Einstellung.

Schon von der Passhöhe aus konnten sie ins Krimmler Achental blicken und die imponierenden Krimmler Wasserfälle sehen. Entgegen der sonst überall gängigen Abzocke kostete das Parken auf dem großen Platz hier nichts, dafür wurde aber beim Zutritt zu den Wasserfällen eine Eintrittsgebühr fällig, die Peter murrend bezahlte. „Heute wird einem doch überall das Geld nur so aus der Tasche gezogen." „Was nix koscht, isch nix!" (was nichts kostet ist nichts), erwiderte Lisa. Nein, die Sonne schien an diesem Tag makellos vom azurblauen Himmel, und die gab noch völlig umsonst. Dafür musste es nicht wundern, dass die Touristen in Massen an den Auslagen der Souvenirshops entlang pilgerten, wo jedmöglicher Kruscht - und nicht wenig „Made in China" - feilgeboten wurde, wie leider überall an viel besuchten Plätzen der Welt.

Entlang der Wasserfälle zieht sich ein breiter Panoramaweg in Serpentinen aufwärts. Für Geübte ist es kein Problem, die 400 Höhenmeter zum oberen Ende oder dem Anfang der Wasserfälle ohne besondere Mühe zu überwinden. Somit war es für Peter keine Herausforderung, nur Lisa tat sich wegen der drückenden Schwüle etwas schwer und ihr Mann musste immer stehen bleiben und auf sie warten, bis seine Frau aufgeholt hatte. Von den Aussichtsplattformen eröffneten sich zwischendurch freie Blicke auf die wild schäumenden, mit Getöse in die Tiefe stürzenden Wassermassen. In mehreren Kaskaden ergossen sie sich zu Tal, bildeten einen dichten Nebelvorhang, geschmückt mit einem farbenprächtigen Regenbogen über dem Talgrund. Die Krimmler Wasserfälle zählen mit einer Fallhöhe von 380 Metern zu den größten in Europa und sollen sogar für Asthmakranke heilende Wirkung ausüben, wie die Werbung verspricht. Jedenfalls sind sie ein sehenswertes Ausflugsziel im Nationalpark Hohe Tauern. Auch dem Bühler Ehepaar war das eine besondere touristische Bereicherung.

Auf halber Höhe kommt ein Restaurant, in das sie auf dem Rückweg zum Mittagessen einkehrten. Somit kamen an diesem Tag alle Sinne zu ihrem Recht. Gestärkt und mit einem Marillen-Schnaps belohnt, gingen sie hinterher im gemächlichen Gang abwärts und dem Ausgang zu. Nun machten sie sich ohne weiteren Aufenthalt im Ort auf den Heimweg. Stattdessen hielten sie in Mayrhofen noch einmal an und suchten dort ein Café, denn es war die richtige Zeit für einen Kaffee und dazu wollten sie auch noch ein Stück Kuchen essen. „Gibt nix besseres als ebbis guedes", meinte Peter lapidar. „Wenn wir uns im Urlaub nichts leisten könnten, blieben wir lieber zu Hause", bestätigte Lisa zu dieser erlaubten Verschwendung.

Zuletzt folgte ein Schaufensterbummel durch die Gassen des Städtchens, dann reichte es ihnen für diesen Tag und sie kehrten in ihr Domizil zurück. „Für heute haben wir genug gesehen", waren beide in einhelliger Meinung. „Jo, hit war's sche" (heute war es schön) lobte Lisa, „dess het' mir gued gfalle" (das hat mir gut gefallen).

Für das Abendessen im Haus besorgten sie sich im Kaufladen am Ort verschiedene Sorten Wurst, Käse und einen Laib Brot. Davon verspeisten sie einen Teil im Zimmer, bevor sie ins Erdgeschoss zum netten Vermieter-Ehepaar gingen, wo sie zum Umtrunk oder Dämmerschoppen, wie man es nennen will, eingeladen waren. Daraus wurde kein kurzer Besuch, sondern ein langer, feuchtfröhlicher Abend, wo viel Bier, Wein und Schnäpse flossen und Peter hatte danach auch ein wenig zu viel getrunken. Dafür führte er auch in diesem Kreis das große Wort, was Lisa wieder ungewollt ärgerte.

Ganz erstaunt stellten sie beim Blick auf die Uhr fest, es ist schon nach 1 Uhr und jetzt war es wirklich Zeit, ins Bett zu gehen. Der Alkohol zeigte bei Peter deutliche Wirkung und er schlief sofort ein. Seine Frau dagegen lag noch lange wach. Einerseits störte sie die Schnarcherei ihres Mannes, andererseits beschäftigte sie sich gedanklich mit der Situation in ihrer Ehe und dem, was ihr gegenwärtig so alles gegen den Strich geht. „Soll das noch Jahrzehntelang so weitergehen?", ging ihr immer wieder durch den Kopf. „Das kann doch nicht alles gewesen sein. Immer und überall will Peter alles dominieren und der Mittelpunkt sein; und ich? Was stimmte nicht mehr? Will ich so bis zum Ende meiner Tage leben? Nein, da muss sich bald dringend etwas ändern."

Zum ersten Mal kamen ihr ernsthaft Gedanken über eine Scheidung. „Die Kinder sind längst aus dem Haus und ich bin nicht mehr willens, mich allen Entscheidungen meines Mannes unterzuordnen und nur das Hausmütterchen zu geben. Ich bin mitten im Leben und will noch etwas davon haben. Da werde ich demnächst dringend ein erstens Wort mit meinem Gatten reden müssen." Das hatte sie sich nun ernsthaft und entschieden vorgenommen. „Gerade so ein Urlaub könnte da gut geeignet sein, sich einmal ausgiebig auszusprechen und klare Verhältnisse zu schaffen und die Standpunkte abzustecken." Nach über einer Stunde grübeln und unruhigem hin und her wälzen, zwang sie sich dann doch die Gedanken abzuschalten. Endlich konnte sie einschlafen und noch eine kurze Nachtruhe finden.

Oben: Blick auf Spieljoch und ins Tal, unten: Krimmler Wasserfälle

5

Getrübte Harmonie

Der lange Abend und der viel zu kurze Schlaf zeigten am Morgen unangenehme Nachwirkungen. Sie schliefen zwar etwas länger wie üblich, frühstückten später und fühlten sie sich trotzdem müde und wie zerschlagen. Trotz einem veritablen Kater mit Kopfschmerzen wollte Peter an diesem Tag alleine auf die Ahornspitze, während sich Lisa mit Inge verabredet hatte. Die Frauen wollten in den Wäldern Pilze sammeln. Zurzeit wuchsen massenhaft Pfifferlinge an geheimen Stellen und Lisa war ein Fan von Pilzen. „Vielleicht können wir am Weg auch noch einige Schalen Heidelbeeren finden, die wir abends naschen", hofften sie überdies. Selbst Preiselbeeren gibt es reichlich in diesem Gebiete, dafür war es aber noch etwas zu früh im Jahr.

Kurz nach 10 Uhr verließ Peter das Haus und fuhr talaufwärts nach Mayrhofen. Dort nahm er die Ahornbahn und kam damit hoch zum Ahornplateau. Oben angekommen schnürte er die Wanderstiefel, verstaute die Straßenschuhe im Rucksack, griff nach den Wanderstöcken und marschierte im flotten Schritt los, immer den Hausberg im Blickfeld. Der Aufstieg bot dem interessierten Auge viel Abwechslung und zwischendurch blieb er auch immer wieder einmal kurz stehen, um seinen Blick über das Bergpanorama schweifen zu lassen und es zu genießen. Tief holte er dabei Luft und das machte ihn mehr und mehr innerlich frei und auch die Beschwerden nach dem langen Abend ließen nach. Mit jedem Höhenmeter freute er sich, dem Gipfel des unspektakulären Berges ein Stück näherzukommen. Trotz musste er sich eingestehen, wegen des gestrigen Abends, der ihm doch ziemlich in den Knochen steckte, tat er sich an diesem Tage ungewöhnlich schwer. „Bis ich oben bin, werde ich den Restalkohol und die Müdigkeit schon noch rausgeschwitzt haben, ich muss nur den inneren Schweinehund bezwingen. Was mich nicht umbringt, macht mir nur noch härter", gab er sich mannhaft.

Der Weg verläuft ab der Bergstation auf 1960 Meter Höhe über die steile Südwestflanke mit brüchigem Fels stetig kräftig aufwärts, ist aber für erfahrene, geübte Bergwanderer relativ leicht. An der Edelhütte machte er eine Zwischenpause, kehrte kurz ein und trank eine Apfelsaftschorle. Dann schon kurz nach 14 Uhr war er oben und stand auf einem der zwei Gipfel des 2973 Meter hohen Berges. Für den Aufstieg hatte er 3 Stunden benötigt und das trotz den Nachwirkungen der gestrigen Eskapade, was ihn wieder mit sich versöhnte und auch ein wenig stolz auf seine Fitness machte. „Ha, Alter, da machsch manchem Jungen noch was vor", dachte er mit selbstbewusstem Stolz.

Aus gutem Grunde wählte er am Gipfel einen windgeschützten Platz, holte aus dem Rucksack mitgeführte Brote und vesperte in Ruhe. Zwischendurch musste auch der Flüssigkeitspegel aufgefüllt werden, deshalb trank immer wieder aus der Flasche. Währenddessen kamen weitere Bergsteiger dazu und einer von ihnen war bereit, Peter mit seiner Kamera am Gipfelkreuz zu fotografieren. Kameradschaftlich ergaben sich unter den Gipfelstürmern nette Gespräche über woher und wohin, und die grandiose Rundumsicht und der Blick ins tief unten liegende Tal erfreuten zusätzlich die Bergsteigerherzen.

Eine geschlagene Stunde ließ sich Peter Zeit, die anderen waren da längst wieder gegangen, dann drängte es ihn aber auch auf den Rückweg. Bergabwärts zur Bergstation benötigte er nur 2

Stunden. Vom flotten Lauf durstig lockte ihn das Café-Bistro zu einem Abstecher und prompt wurde er überrascht. Der Wirt zelebrierte einen guten Brauch und spendiert jedem, der die Ahornspitze bestiegen hatte, einen kostenfreien Obstler. „Eine originelle, nette Idee", fand Peter erfreut, nahm gerne an und trank aufs Wohl des edlen Spenders. Nach dem kurzen Einkehrschwung nahm er die nächste Bahn, fuhr ins Tal und kam nach 18 Uhr in Stumm an.

Seine Frau war da längst wieder zurück und saß mit der Hausherrin in deren Küche. Bei Kaffee und selbstgebackenem Kuchen ließen es sich die Frauen gutgehen und vertrieben die Zeit natürlich mit Frauenklatsch - oder wurden ernsthafte Themen diskutiert? Niemand wird es je erfahren.

Zum Abendessen besuchten sie an diesem Tag den über 500 Jahre alten Landgasthof Linde. Das Haus ist berühmt für eine vorzügliche Küche, deshalb bestellte Peter für sich einen Gaisburger Marsch [3]) als Lohn für seinen Gipfelsieg, während Lisa Lust auf gebratenen Fisch hatte. Jetzt schmeckte Peter auch wieder ein Weizenbier und Lisa trank dagegen lieber Weißwein zu ihrem Menü. Später wechselte Peter das Getränk und gönnte sich einen „Blauen Zweigelt", das ist ein dort gängiger, gehaltvoller Tiroler Rotwein.

Wie es Lisa sich fest vorgenommen hatte, fasste sie sich nach dem Essen ein Herz und setzte ihre Überlegungen der Nacht um. Ohne lange drum herumzureden, stellte sie ihrem Mann unverblümt die Frage, wie er noch zu ihrer Ehe steht? Zuerst war Peter von der Frage überrascht und verblüfft, dann etwas ärgerlich, warum ihm seine Frau jetzt so diese Frage stellt und damit einen wunden Punkt ihres Zusammenlebens anspricht? Schon lange war ihm wohl bewusst, dass vieles im Argen lag. Er hatte sich ja selbst

---

[3]) https://de.wikipedia.org/wiki/Gaisburger_Marsch

schon mehrfach gedanklich mit diesem Thema befasst, aber natürlich sah er keine Schuld bei sich. „Gewohnheit ist leider der Totengräber jeder Ehe", und ihm wäre es lieber gewesen, wenn er die Initiative ergriffen hätte. Jetzt fühlte er sich in der Defensive und das Heft des Handels war ihm entglitten. So eine Situation behagte ihm überhaupt nicht und machte ihn unbewusst gleich störrisch, anstatt sich nüchtern und sachlich dem heiklen Thema anzunehmen.

Die zwischendurch etwas hitzigere Diskussion dauerte bis kurz vor Mitternacht und Peter hatte immer wieder an sich halten müssen, dass er nicht zu laut wurde. Noch waren Gäste im Lokal, da wollte er nicht unangenehm auffallen. Was ihm seine Frau vorhielt und nun verbal geballt an den Kopf warf, ging ihm sehr gegen den Strich und in seiner eigenen Argumentation war er leider nicht immer fair. Das erkannte er wohl, ärgerte sich, weil er oft nicht die richtigen Worte fand. Sich aber einzugestehen, dass die Ehe schon lange nur noch auf dem Papier bestand, das kam nicht infrage, ja ihm nicht einmal in den Sinn. Damit hätte er sich eine Blöße gegeben oder gar eigene Schuld eingestanden. Soweit reichte seine Einsicht wahrlich nicht.

Nur darin war er sich absolut sicher, ohne das auszusprechen: „Eine Scheidung kommt für mich nicht in Frage. Dabei verdienen nur die Rechtsanwälte und am Ende bin ich unser Haus los, in das ich so viel Herzblut und unzählige Stunden harte Arbeit investiert habe. Genauso schlimm wäre mir, dass mein Ansehen im Freundes- und Bekanntenkreis leidet. Sowas wäre für mich eine persönliche Niederlage, ein Eingeständnis versagt zu haben. Nein, nein, das akzeptiere ich auf keinen Fall, da muss es, da wird es eine andere Lösung geben."

Spät verließen sie das Lokal, wortkarg und schmollend lief Peter den kurzen Heimweg neben seiner Frau her. Sie schwieg auch und war, froh die Sache einmal ungeschminkt auf den Tisch gebracht zu haben. Ihr war es in diesem Augenblick völlig egal, dass er sich gekränkt gab oder wach geworden war - je nachdem wie man diese Sache sehen wollte. Viel wichtiger war ihr, endlich Klartext gesprochen zu haben. Sie hasste es, Probleme immer vor sich herzuschieben, zu verschweigen und nur um des lieben Friedens willen unter der Decke zu halten. „Das geht am Ende nur an die Nieren und macht mit schließlich depressiv und krank."

Ziemlich einsilbig legten sie sich an diesem an sich so schönem Urlaubstag ins Bett. An Schlaf war in den nächsten Stunden dabei nicht zu denken, weder bei Lisa noch bei Peter. Zu sehr waren beide innerlich aufgewühlt und die Gedanken ließen sich nicht in die Schranken lenken und sie nicht zur Ruhe kommen. Sie kreisten unentwegt immer nur um das eine, die angesprochene unschöne Lebenssituation. Dabei hatten sie doch nur in ihrer Lebensplanung die Absicht gehegt, sie wollten beide auf einen gemeinsamen unbeschwerten Lebensabend zugehen und sich darauf freuen dürfen. Jetzt sahen sie sich in einer Sackgasse. Dabei hatten sie beide in den vergangenen Jahrzehnten viel schuften und werkeln müssen, um den Stand zu erreichen, den sie jetzt hatten. Sollte das alles vergeblich gewesen sein?

6

Etwas ist zerbrochen

Der Haussegen hing auch am anderen Tag noch deutlich spürbar schief. Beim Frühstück herrschte weitgehend eisiges Schweigen. Trotzdem wollte man an diesem Tag zusammen zum Speichersee Stillup [4]) fahren und von dort zur Kasseler Hütte [5]) hoch wandern. Während Lisa in dieser Berghütte bleiben wollte und auf seine Rückkehr warten, wollte Peter den oberhalb befindlichen, leichten, doch knackigen Klettersteig „zur schönen Aussicht" durchsteigen.

Am Stausee angekommen, verlief anfangs der Weg im Tal und am See entlang noch leicht flach und angenehm, ohne nennenswerte Anstiege. Dann wechselte er doch in einen steileren Abschnitt und Lisa hatte bergauf mehr Mühe. Ihr fehlte auf steilen Wegen einfach die nötige Kondition und insgeheim nahm sie sich vor, ab sofort etwas mehr für ihre Fitness zu wollen.

Ihr Mann eilte derweil voraus und saß längst schon vor der Hütte am Tisch, als sie endlich nachkam. Sie war ausgesprochen froh, als sie bei der Kassler Hütte angekommen war und atmete erst einmal tief durch. Nach der kurzen Verschnaufpause holte sie sich am Tresen im Haus ein großes Glas Apfelsaftschorle und setzte sich ebenfalls draußen hin. Peter brach währenddessen auf, den oberhalb vom Haus beginnenden Steig zu erklettern, wie

---

[4]) https://www.schlegeis-speicher.com/stauseen-zillertal/
[5]) https://www.kasselerhuette.de/

er es sich vorgenommen hatte. Der Felsenweg war für seine Verhältnisse keine Herausforderung, eher eine willkommene Zugabe zur Bergwanderung an sich. Nach dem kurzen Durchstieg oben angekommen, machte er nur eine kurze Pause, genoss aber für Minuten die fantastische Aussicht, so wie es der Name des Steigs auch versprach. Und zu seinen Füßen tief unten, da er von oben auf die Hütte. Nach dem Verweilen ging er schließlich auf dem Normalweg zur Hütte zurück. Nach über einer Stunde war er zurück und bestellte sich diesmal zu seiner Belohnung ein Weizenbier. Die verbrauchten Kalorien und Spurenelemente sollten dem Körper auf diese Weise wieder zugeführt werden. Dabei fiel ihm eine witzige Frage ein: „Warum hat der Teufel seine Großmutter erschlagen? Weil sie keine Ausrede mehr wusste."

Lisa hatte sich, um die Wartezeit zu vertreiben, auf dem Vorplatz ein ruhiges Plätzchen gesucht, wo sie ungestört verweilte und sich von der intensiven natürlichen Höhensonne bräunen ließ. Ihr war dabei bewusst, wie gefährlich die Sonne in der Höhe im Hinblick auf das „Ozonlochs" sein konnte, deshalb hatte sie sich vorsichtshalber mit einer 30er-Sonnencreme gut eingeschmiert.

Während der langen Wartezeit hatte Lise ausreichend Gelegenheit sich vorzustellen, was sie zu Hause tun muss, um ihre Kondition verbessern zu können, und das nicht Peter zuliebe, nein aus eigenem Interesse, damit sie sich auch im Alltag nicht mehr so sehr abmühen müsse, wenn sie einmal ein paar Kilometer mehr unterwegs sein wollte. Die Bühler Vorbergzone durchziehen endlos viele Wege, die einerseits beim Wandern immer traumhafte Ausblicke in die Rheinebene und zu den Vogesen bieten - selbst die Silhouette des Straßburger Münsters ist bei guter Sicht erkennbar - und andererseits zu einer verbesserten Kondition verhelfen konnten. Beides war für sie nun ein Anreiz und sie fasste den Entschluss, zukünftig mindestens einmal oder besser zweimal in der Woche zwei oder drei Stunden stramm zu wandern oder Nordic Walking zu betreiben, die neue Trendsportart. „Welle'mr sähne, ob'i nitt bald widder fit wie' Turnschuh bin (da wollen wir doch sehen, ob ich nicht bald wieder richtig fit sein kann).

Nach Peters Rückkehr gönnte auch er sich auch nochmals eine kurze Pause und trank in Ruhe das Weizenbier aus, bevor man an den Rückweg und die Rückfahrt denken musste. Bergab konnte Lisa das Tempo ihres Mannes locker mithalten und hatte dabei immer noch Luft genug, das am Vortag nicht abgeschlossene Thema erneut aufzugreifen und weiter zu diskutieren. Nach einiger Zeit war sie es aber leid, denn ihr Mann schien auf einem Ohr taub zu sein oder nicht einsichtig genug und schon gar nicht willens zu Veränderungen. So ließ sie es sein, sich mit ihm weiter auseinanderzusetzen. „Kommt Zeit, kommt Rat", dachte sie dabei und nahm sich vor, zu Hause professionellen Rat bei einem Rechtsanwalt einzuholen. Vielleicht würde auch eine Eheberatung helfen können? „Da will ich mich kundig machen, ob es in Bühl oder Umgebung so eine Einrichtung gibt."

Zurück im Quartier legten sich beide getrennt eine Stunde aufs Ohr, dann bereitete Lisa Kaffee und servierte dazu Gebäck. An diesem Abend vesperten sie lieber im Domizil und der Rest des Tages wurde vor dem Fernseher verbracht. Unterwegs hatte sich Peter vorsorglich noch eine Flasche Rotwein besorgt und für Lisa einen Weißwein, dazu Knabbergebäck; damit waren sie für den Abend gut versorgt.

Das kontroverse Gespräch zu ihrer Ehe wurde nicht mehr aufgegriffen. Gegen 22 Uhr war Lisa so müde und legte sich ins Bett; Peter dagegen sah sich noch einen Krimi an und kam erst gegen 1 Uhr nach. Wollte es das Schicksal so? Oder zeigte der Wein deutliche Wirkung, hatte ihn der Film angestachelt? Lisa war bei seinem Eintritt ins Schlafzimmer wach geworden. Zuerst versuchte er ihr mit Streicheln zu zeigen, was er will. Seine aus dem

Schlaf erwachte Frau wollte aber ihre Ruhe haben und lieber schnell wieder in Morpheus Armen versinken. Das reizte ihn noch mehr und nun wurde er massiv zudringlich.

„Merkt er denn nicht, dass er mir zuwider ist", dachte Lisa und versuchte ihren Mann abzudrängen. Doch er wurde drängender und gegen seine Kraft hatte sie am Ende keine Chance. „Warum bist du so spröde, bisher hast du es doch auch gerne gehabt, du bist meine Frau und ein Mann braucht das zwischendurch." „Du hast zu viel getrunken", fauchte Lisa zurück, „das wird doch nichts."

Gegen ihren Willen drang er dann in sie ein und sie ließ es widerwillig geschehen. Leider war zu viel des Alkohols der Potenz nicht gerade förderlich und gut. Daher brauchte es viel zu lange, bis er kam und eine Freude war es für beide nicht. Hinterher war er müde und schlief sofort ein; durchdringend schnarchend.

Das nicht freiwillige und schon gar nicht erfüllende, intime Zusammensein während der Nacht wurde am Morgen beim gemeinsamen Frühstück mit keinem Wort erwähnt. Wieder hatte Peter im Bäckerladen Brötchen besorgt und für sich die „Bild"-Zeitung im Lebensmittelgeschäft gekauft.

Seine Frau war an diesem Morgen sehr einsilbig und das bereitete Peter ein schlechtes Gewissen. Doch sich zu entschuldigen wäre ihm nicht in den Sinn gekommen. Vielleicht bildete er sich tatsächlich ein, dass sein Tun in Ordnung war?

Stillup-Speichersee und Blick zur Kasseler Hütte

7

Alleine unterwegs

Zum Frühstück wollte Lisa nur Tee trinken und sagte dann zu ihrem Mann: „Heute gehe ich nach Schwaz ins Swarovski-Museum. Du kannst alleine gehen und gerne das Auto haben, ich nehme den Bus und die Bahn." Sie bezweckte damit, ihm aus dem Wege gehen zu können und Abstand von der Nacht zu gewinnen. Das hätte sie nicht ertragen, wenn ihr Mann den ganzen Tag über um sie gewesen wäre.

Und ihm war es sehr recht, dann musste er sich schon keine weiteren Vorwürfe mehr anhören, konnte seinen Gedanken nachhängen und sich mit seinen eigenen Plänen für die Zukunft beschäftigen. Zuerst aber wollte er aber noch in Ruhe weiter frühstücken und nebenbei die „Bild" von vorne bis hinten durchlesen. Das Aufräumen, Zimmer herrichten und den Abwasch überließ er wie selbstverständlich wieder seiner Frau.

Schnell packte er später eine Flasche Mineralwasser in den kleinen Rucksack, einige Müsliriegel dazu und die Wanderjacke. Dann verließ er das Haus, durchlief den Nachbarort Kaltenbach und ging aufwärts, immer bergan bis er an der Zillertaler Höhenstraße angekommen war. Nach schweißtreibenden 3 Stunden erreichte und überquerte er die berühmte Höhenstraße. [6] Die Hochalpenstraße ist für jeden Touristen und ambitionierten Autofahrer, wenn er im Zillertal ist, ein Muss.

---

[6]) https://www.zillertaler-hoehenstrasse.com/de/

„Die rund 1000 Höhenmeter, die ich jetzt überwinden habe, sind ein gutes Training und werden mir den Kopf frei machen", überlegte er. „Das werde ich brauchen, um die Zukunft in meinem Sinne im Griff zu behalten."

Gegenüber sah er ein Aussichtslokal und kehrte ein, bestellte sich ein Mittagessen und ein Weizenbier dazu, „weil der Vitaminhaushalt wieder stimmen muss". Das Haus bot als Tagesgericht Germknödel an. „Das ist mal etwas anderes und wird mir schmecken; es muss nicht jeden Tag Fleisch sein." Gut erholt und gesättigt begab er sich nach dem Mahl auf den Rückweg, wählte aber nun eine andere Strecke talwärts. Sämtliche Wege dieser Region sind ausnahmslos gut ausgeschildert, sodass er keine Mühe hatte, sich zu orientieren. Nicht einmal die Wanderkarte musste er zu Hilfe nehmen, die er obligatorisch immer mit sich trug. Ohne Pause und flotten Schrittes strebte er dem Tal zu.

Währenddessen beschäftigte er sich gedanklich ununterbrochen mit seiner Ehe und dem, was ihm seine Frau an den Kopf geworfen hatte. Dadurch entging ihm so manches sehenswerte Naturwunder am Weg und nicht einmal alle fantastischen Ausblicke nahm er wahr. Im Geiste führte er immerwährend und ununterbrochen Streitgespräche. Seine Lage missfiel ihm immer weniger, je länger er darüber nachdachte, und es trieb ihm - nicht nur wegen der Bewegung - den Blutdruck in die Höhe. „Was habe ich noch von der Ehe? Bin ich zum reinen Geldverdiener degradiert worden? Was machen wir noch gemeinsam und weiß ich überhaupt, was meine Frau denkt und will?" Tausend Gedanken gingen ihm durch den Kopf und je mehr er darüber nachdachte, desto sicherer wurde er, dass es so nicht weitergehen kann. Da muss sich dringend etwas ändern. „Ich bin noch zu jung, um als alter Ehekrüppel zu versauern." Unzufriedenheit ist jedoch ein schlechter Ratgeber, wie allgemein bekannt ist. Das wurde ihm bei seinem aufgewühlten Gemütszustand nicht bewusst.

„Wenn wir uns scheiden lassen, dann muss ich das Haus verkaufen und meine zukünftige Rente wird deutlich geschmälert, denn mit Sicherheit wird ihr ein Anteil zugesprochen. Ihr eigener Verdienst und die Einzahlungen in die Rentenkasse fielen bisher bescheiden aus, sodass sie keine auskömmliche Rente in Aussicht haben wird und ich müsste Unterhalt bezahlen." Das beschäftigte ihn sehr und je länger er darüber nachdachte, um so vertrackter erschien ihm seine Situation. „Wie gut, dass wir uns die Auszeit genommen und diesen Urlaub gemacht haben. Nun weiß ich wenigstens woran ich bin und brauch mich keinen Illusionen mehr hinzugeben."

Während solchen Überlegungen hatte er den Wald hinter sich gelassen und das freie Tal lag direkt vor ihm. „Bis in die Ortsmitte von Stumm sind es nur noch wenige Kilometer; in einer halben Stunde werde ich da sein. Ich kehre im Restaurant ein und bestelle mir einen Kaffee und esse dazu einen Kuchen, später trinke ich noch ein Weizen, bevor ich zurück ins Appartement gehen werde, in die Höhle des Löwen", dachte er bitter. Doch nach diesem Entschluss fühlte er sich sichtlich wohler und einigermaßen entspannter.

Plötzlich keimte eine teuflische Idee in ihm auf, eine Möglichkeit, wie er die Situation zu seinen Gunsten verändern könnte. „Genau, das ist die Lösung. Da muss ich mir einen sauberen Plan ausdenken und die Sache absolut wasserdicht machen. Mitte September habe ich noch ein paar Tage Urlaub, da halte ich die Zeit für gekommen. Ich muss es nur schaffen meine Frau dazu zu bringen, dass sie mitkommt und dabei ist. Aber ihre allgemeine Freude auf ein Wiedersehen und Zusammensein mit Inge und Klaus werden mir sicher dabei hilfreich sein."

Beim Betreten des Restaurants sah er, dass Klaus auch dort anwesend war und am Tisch saß. Dieser forderte ihn auf: „Komm Peter mit an den Tisch, setz dich zu uns." Das tat Peter gerne, er war ja nun tagsüber lange genug alleine. Den Spätnachmittag über ergaben sich mit allen Anwesenden unterhaltsame Gespräche über „Gott und die Welt". Bei der kurzweiligen Unterhaltung hatte er schon bald nach dem Kaffee auch das dritte Glas Weizen geleert und Klaus den zweiten Obstler spendiert. Weil dieser am anderen Tag wieder arbeiten und dazu früh aufstehen musste, brachen sie beide gegen 22 Uhr auf und schwankten laut plappernd und lachend nach Hause. Lisa war natürlich längst von ihrem Ausflug zurück und saß vor dem Fernseher. Kurz hatte sie sich einmal Sorgen gemacht, wo Peter denn bleibt, denn so lange war er allgemein nicht auf Tour unterwegs. Dann wandte sie sich wieder anderem zu; es war ihr egal, was er macht und was ist.

Als Peter dann ankam, hatte er für diesen Tag genug und legte sich sofort ins Bett. Wann seine Frau nachkam, hatte er nicht mehr mitbekommen.

Tags darauf endete ihr Urlaub in Stumm. Morgens besorgten sie sich im Ort noch einige Mitbringsel für zu Hause - vor allem für die Kinder und Enkelkinder - und Peter kaufte für sich eine Flasche Marillen-Schnaps aus einer einheimischen Brennerei.

Zwischendurch wurde gepackt und das Appartement aufgeräumt. Nachmittags verabschiedeten sie sich dann von den netten Gastgebern und dabei ließ Peter einfließen, dass er im September nochmals Urlaub hat und gerne auf eine Wanderwoche vorbeikommen wollte. „Ist in Ordnung", sagte Inge, „wir haben noch Appartements frei. Sagt uns, wann du kommst oder wann ihr kommen wollt, ihr seid uns herzlich willkommen. Ich mache euch dann einen günstigen Preis, denn Ende der Ferienzeit ist hier sowieso Sauregurkenzeit." „Das hat schon einmal bestens geklappt und das weitere wird sich noch finden", dachte Peter und war zufrieden, so wie es bisher gelaufen war.

Lange winkten sie aus dem Auto zurück, während sie aus dem Dorf hinausfuhren und dann auf die gut ausgebaute Umgehungsstraße einbogen. Mit mäßigem Tempo fuhr Peter zum Tal hinaus, sich sehr wohl bewusst, dass man in Österreich höllisch auf die Einhaltung der Geschwindigkeitsgrenze achten musste. Man war sich nie sicher, dass nicht irgendwo versteckt Polizisten lauerten oder es gab Radarfallen, und die Strafen bei zu schnellem Fahren sind happig." Das perfide nach deutschen Verhältnissen ist außerdem, dass die Polizisten alleine auf Gefühl und Ansage behaupten können, wie schnell einer gefahren sei und danach eine Strafe verfügen. Diesmal ging aber gut, nur auf dem Abschnitt Ulm und Stuttgart gerieten sie in einen längeren Stau, sodass die Uhr schon nach 22 Uhr zeigte, als sie endlich müde zu Hause eintrafen. Außer einem kurzen Zwischenstopp für einen Gang zur Toilette waren sie diesmal Nonstop durchgefahren.

Beide schwiegen weitgehend während der Fahrt und daher kam ihnen die Strecke viel länger vor als sonst. Lisa zeigte immer noch deutlich, wie sehr sie verärgert und gekränkt war und Peter wollte nicht weiteres Öl ins Feuer gießen, redete kaum einmal und dann nur über belanglose Dinge.

8

Sommermonate in Bühl

Der Sommer gab sich unspektakulär und zog sich hin, wobei man in diesem Jahr in der Ortenau wahrlich nicht von einem „Bilderbuchsommer" sprechen konnte. Oft, zu oft, regnete es und häufig zogen heftige Gewittern mit Sturm und Böen von Südwesten her. Das Wetter alleine konnte Peter aber nicht von seinen Wanderungen abhalten und er war an vielen Tagen seiner Freizeit auf dem Bühler Hausberg, dem 1036 Meter hohen Hochkopf, anzutreffen oder er lief von Unterstmatt zum Ochsenstall und über die Hornisgrinde zum Mummelsee, dann den Mannheimer Weg zurück. Entfernungen von 25 oder 30 Kilometer waren für ihn ganz normal. War es tagsüber heiß, nahm er gerne den steileren Weg an den Gertelbach-Wasserfällen entlang und durch die „Hintere Wassergasse" zum Hundseck hoch. Da bewegte er sich im Schatten, wenngleich die Luftfeuchtigkeit deutlich höher lag. Weil der steinige, unbefestigte Weg steil war, lief ihm aber so oder so der Schweiß aus allen Poren.

Rund um und am Haus sowie im Garten gab es auch mehr wie genug zu tun, was seine Zeit in Anspruch nahm. Manchmal kamen am Wochenende auch einer oder gar beide Söhne mit ihren Frauen und den Enkelkindern zu Besuch. Beide besaßen ein eigenes Haus und da gab es ebenfalls ständig etwas zu tun. Wenn dann der eine oder der andere einmal da war, kam gleich die Frage: „Vater kannst du mir hier helfen, kannst du mir da helfen, oder das sollte gemacht werden, hast du Zeit für uns?" Dann konnte er auch nicht nein sagen und verbrachte den Samstag im „Blaumann" und war beim Handwerkern.

Sonst, wenn es das Wetter zuließ, besuchten sie gemeinsam, und meistens mit den Enkelkindern, die Burg Windeck. Ganz in der Nähe gibt es da einen Abenteuerspielplatz, wo die sich austoben durften, und auf den Turm wollten sie auch. Da duldete der Opa jedoch nicht, dass sie alleine gingen und da musste er dann eben mit. Auf der Terrasse des Restaurants ließ sich, bei schönster Aussicht, währenddessen oder danach gemütlich Kaffee trinken und feiner Kuchen essen. Die Enkelkinder kamen dazu und bekamen einen Schokotrink oder Apfelsaft und so waren alle rundum zufrieden.

Zweimal im Jahr öffnet für einige Wochen die Besenwirtschaft „Durst" in Altschweier die Pforten. Das nützte Peter gerne, um mit seinen Söhnen, seiner Frau oder mit Freunden und Besuchern dort einzukehren. Dabei nahm er wohl oder übel in Kauf, eine Weile draußen anstehen und warten zu müssen, bis im vollbesetzten kleinen Raum endlich ein paar Plätze an einem der Tische frei wurden. Die Enge und die urige Atmosphäre verbreiteten einen besonderen Reiz, und die deftigen, frischen Spezialitäten des Hauses lohnten das bisschen Warten. Das zog Gäste aus nah und ferne an.

So eilten die Wochen unmerklich dahin und schon nahte in Baden-Württemberg das Ende der mehrwöchigen Ferienzeit. Mehrfach hatte er in Gesprächen mit seiner Frau das Thema „Stumm" angetippt. Anfangs was sie nicht begeistert und wollte nicht mit. Geschickt flocht er aber das nette Verhältnis zu Inge und Klaus ein und erwähnte betont, dass sie keine lange Wanderungen mitmachen muss, wenn sie dazu keine Lust verspürte. Sie könne ja zwischendurch, wenn er alleine unterwegs ist, mal nach Mayrhofen fahren oder einmal einen Ausflug nach Innsbruck machen. Dann würde er ihr gerne das Auto überlassen und selber zu

Fuß unterwegs sein. Schließlich gelang es ihm seine Frau zu überreden, und sie willigte für die eine Woche mit ein.

Seit dem Vorfall in Stumm verweigerte ihm seine Frau jegliche sexuellen Aktivitäten und auch sonst stand es nicht mehr zum Besten. Ihn ärgerte das; fremdgehen wollte er aber nicht, das war nicht so seine Art. Diese Möglichkeit hätte er durchaus schön öfters gehabt. Im Umgang mit Frauen war er zwar witzig und charmant, er kam da auch gut an, und am Arbeitsplatz bekam er von sexuell trockenliegenden Frauen gelegentlich unmissverständliche Angebote. Davon Gebrauch zu machen, kam für ihn niemals infrage und auch bei anderen, nicht durch die geschäftliche Abhängigkeit ausgeschlossene Verlockung, hatte er gewisse Hemmungen. Lieber nahm er mehr ungewollt wie gewollt, die unschöne Situation - so wie sie war - in Kauf und wollte kein weiteres Öl ins Feuer gießen.

Gertelbach-Wasserfälle und Plateau der Hornisgrinde

Burg Windeck mit Turm und Restaurant

9

Frühherbst im Zillertal

Eines Samstagvormittags, direkt nach dem Frühstück, fuhren die Bauers in Bühl los und in Richtung Zillertal, wo sie kurz vor 18 Uhr nach anstrengender Fahrt und Anreise in Stumm ankamen. Diesmal hatten sie den Weg über Stuttgart gewählt, sind südlich von München abgebogen und über den Fernpass [7]) ins Inntal gewechselt. Eine Rast auf der Passhöhe war diese Variante es durchaus wert, gelegentlich diese vielbefahrene Route zu nehmen. Obwohl die eigentliche Ferien- und Urlaubszeit zu Ende war, trafen sie überall noch auf endlosen und dichten Verkehr und sie waren nur zähflüssig vorangekommen. Bei der Ankunft war Peter müde und richtig froh, endlich angekommen zu sein.

Sie wurden in gewohnt herzlicher Weise von Klaus empfangen und gleich bei der Begrüßung sagte er: „Das Gepäck könnt ihr später versorgen. Setzt euch erst einmal zu uns in die Stube, schnauft richtig durch und trinkt mit mir ein Bier." Da ließ sich Peter nicht zweimal bitten und auch Lisa nahm gerne das Angebot an, während bald auch Inge dazu stieß und die Gäste innig begrüßte. Der obligatorische Marillen-Schnaps zur Begrüßung musste natürlich auch sein. Schnell war eine Stunde vergangen und nun beim Aufbruch waren ihnen die Beine vom Alkohol spürbar schwerer. „Wir müssen jetzt unsere Sachen verstauen und wollen dann anschließend ins Restaurant gehen und einen Platz

---

[7]) https://de.wikipedia.org/wiki/Fernpass

finden, sonst bekommen wir kein Abendessen", gab Peter zu bedenken. Bis sie die Koffer im Zimmer hatten und das Nötigste ausgepackt war, war 19.30 Uhr schon vorbei, und nur ungern verließen sie nun noch das Haus, um in den Landgasthof Linde zu gehen. „Wenn wir etwas zum Essen von zu Hause mitgenommen hätten, wäre ich heute Abend lieber hier geblieben", meinte Lisa. Die Hausleute wollte man aber nicht um ein Essen, etwas Brot und Wurst oder Speck, bitten. Bekommen hätten sie das mit Sicherheit. Jetzt war es ihnen aber auch so recht.

Im gut besuchten Lokal ließen sie sich die Speisekarte geben und bestellten schon mal die Getränke. Während des Abendessens wollte Peter mit Lisa besprechen, was sie die nächsten Tage unternehmen wollen. Den folgenden Sonntag wollte Lisa lange ausschlafen und dann nach Jenbach im Inntal hinausfahren. Sie schlug vor, dort irgendwo zum Mittagessen einzukehren und anschließend in der Stadt zu bummeln. Auf dem Rückweg wollte sie nach Fügen oder sogar nach Hochfügen und in einem der Orte ein Café aufsuchen. „In Ordnung, ich gehe gerne mit." Damit wollte Peter gute Stimmung machen. „Wir werden in Fügen, Hochfügen oder zumindest in Kaltenbach auch abends etwas zum Essen finden und dort vielleicht noch ein Glas Wein zum Anschluss trinken, dann gehen wir früh zurück und verbringen den Rest des Abends hier gemütlich." Auch am Montag war geplant, gemeinsam etwas zu unternehmen. „Was wir da machen wollen, das überlegen wir uns morgen noch."

„Am Dienstag will ich zum Schlegeisspeicher fahren und entweder zum Pfitscherjoch-Haus oder zur Olpererhütte laufen. Wenn du willst, kannst du bis zum See ja mitkommen und von da ins flache Tal hineinlaufen oder den Weg entlang des Stausees. Bei oder in der Dominikushütte, kannst du auf meine Rückkehr warten, falls es länger dauern sollte."

„Dann am Mittwoch fahre ich nach Hintertux und klettere den Spannagelsteig. Wenn du mitkommst nimmst du die Seilbahn, und nachhause gehen wir zusammen zu Fuß und nehmen dabei den Weg unterhalb des Klettersteigs zurück in den Ort. Den kennst du ja, wir kommen durch die romantische Schlucht und an den Wasserfällen mit seinen tiefen Gumpen vorbei. Das sind wohl etwa 1000 Höhenmeter, wenn ich es recht in Erinnerung habe, aber abwärts ist da ja kein Problem für dich." „Warten wir ab, wie das Wetter werden wird und wie gut ich drauf bin und ob ich Lust dazu habe", entgegnete Lisa und Peter ließ es damit vorerst bewenden. „Es wird schon gehen", dachte er.

Leider durchkreuzte schon am Sonntag das Wetter ihre Pläne. Es goss in Strömen, war diesig und recht ungemütlich, so wie es in den Bergen leider auch sehr schnell einmal sein kann. Lisa entschied: „Da bleibe ich lieber hier im Haus und lese ein Buch und später gehe ich vielleicht mit Inge noch in die Sauna."

Das Mittagessen nahmen sie wieder in der Linde ein und anschließend gönnten sie sich ein längeres Mittagsschläfchen. Später klingelte Peter bei Klaus. Der saß an diesem verregneten Tag ebenfalls in der Stube und langweilte sich. „Nicht einmal das Fernsehen bringt was g'scheits, kein Sport, nix", echauffierte er sich über das miese Programm. Zusammen genehmigten sie sich ein Bier, und bald noch eines, natürlich immer gepaart mit einem Gläschen Schnaps. Bis um 20 Uhr hatte Peter genug intus, denn inzwischen hatte er schon 4 Flaschen Weizenbier und genauso viele Schnäpse getrunken. Zwischendurch hatte Inge einige Häppchen bereitet und auf den Tisch gestellt. Diese verzehrten die Männer so nebenbei, während sie von der guten alten Zeit schwärmten und über die nach ihrer Ansicht falschen Politik ihrer jeweiligen Ländern herzogen, oder zu den unverständlichen Entscheidungen der Politiker jeglicher Couleurs ihren Unmut kundtaten.

Endlich hatte Peter genug, er verabschiedete sich von seinen Gastgebern, zog sich in das Quartier zurück und nahm in den vier Wänden der Ferienwohnung vor dem Fernseher Platz, wo er bald darauf einschlief. Seine Frau wollte ihn ursprünglich liegen lassen, weckte ihn aber dann doch gegen 23 Uhr. Müde und zerschlagen legte er sich ins Bett, konnte aber lange nicht mehr einschlafen. „Der Fernseher sollte eben im Schlafzimmer stehen, dann würde ich garantiert schneller einschlafen. Das wirkt auf mich wie eine Schlaftablette."

Oben: Der Schlegeisspeicher, unten: Der Weg zur Olpererhütte

10

Auf dem Penken

Wegen des verregneten Sonntags entschieden sich die Eheleute stattdessen am Montag mit der Pendelbahn auf den Penken hochzufahren. Das Gebiet ist auf der anderen Talseite von Mayrhofen, ein weniger wie am Ahorn. Sie parkten das Auto nahe der Talstation, bestiegen die Seilbahn, die sie in wenigen Minuten auf 2095 Meter brachte. Von der Bergstation geht ein Sessellift noch etwas höher hinauf zur Penkenalm. Dazu mussten sie umsteigen und Inge hasste im Allgemeinen die Sessellifte, weil sie ihr immer etwas suspekt waren. Aber alles ging gut.

Weit oberhalb des Tales verlaufen zahlreiche Wanderwege in alle Richtungen und unter anderem auch ein flacher Panoramaweg, der von einigen exponierten Aussichtspunkten aus eine traumhafte Sicht ins weitläufige Zillertal, die Nebentäler und über die Kämme und Gipfel des Zillertaler Hauptkammes eröffnet. Die Luft war nach dem Regen des Vortages ungewöhnlich klar und entsprechend gut und weit die Fernsicht. Die Sonne schien vom wolkenfreien Himmel und ließ die Landschaft im besten Licht erscheinen. So täuschte es auf den ersten Blick, dass die vielen Gleitschirmflieger und Drachenflieger ideale Bedingungen hätten, die hier von der Penkenalm zum Flug in Tal starten. Dem war nicht so. Der etwas böige Wind kam aus der falschen Richtung. Da packten einige weniger Mutige den Schirm lieber wieder zusammen und fuhren wieder ins Tal, so wie sie gekommen waren. Beim Wandern störte der Wind aber keineswegs und an geschützten Stellen war er nicht einmal spürbar.

Seine Frau wollte alleine laufen und Peter ging deshalb ohne sie den flachen Panoramaweg in talauswärtiger Richtung. Immer wieder boten markante Aussichtspunkte einzigartige Ausblicke ins Tal und zur gegenüberliegenden Bergseite. Nach geschätzt gelaufenen drei Kilometern setzte er sich für eine Weile ins Gras nieder und dachte über seine Lage und die Konkretisierung seines Planes nach. Nach seinem Empfinden war nun die Zeit reif, „Nägel mit Köpfen" zu machen. Seine Ehe empfand er nur noch als Belastung. „Alles Reden und Handeln erscheint mir ein einziges Lügengebäude, und so will ich nicht weitermachen", gab er sich trotzig und stur. Und je länger er sinniert hatte, desto sicherer war er, das Richtige zu tun.

Nach 2 Stunden drängte es ihn zur Rückkehr. Seine Frau erwartete ihn schon an der Liftstation. Zusammen gingen sie aber zu Fuß abwärts zum unterhalb liegenden Aussichtsrestaurant Bergrast. Von dort bot sich ihnen erneut ein grandioser Blick auf die Stadt und das weite Panorama. Hier oben entstand das Gefühl, wie auf einem Balkon zu stehen oder wie ein Adler über allem zu schweben. Halbrechts sahen sie die mächtigen, teils schneebedeckten Gipfel des Zillertaler Hauptkamms gen Himmel hoch aufragend. Direkt voraus erkannte Peter die Ahornspitze, auf der er schon einmal war. Weitläufige Hänge, die im Winter den Skifahrern endlose Pisten bieten, sind auf der talwärts liegenden Seite gut auszumachen. Jahreszeitlich bedingt wich das Grün des Grases und die Hänge zeigten sich in Gelb, Braun- und Rottönen. Waren das Zeichen des nahenden Herbstes und dem folgenden Winter oder nur wegen der intensiven Sonneneinstrahlung auf den Höhen? Egal, es passte gut in traumhafte Bild einer malerischen Bilderbuch-Berglandschaft.

Sie sahen, wie sich zunehmend hoch auftürmende Kumuluswolken sich über den Bergen bildeten, was wiederum ein imposantes Schauspiel der bewegten Natur bot. „S'wird doch kei Gwitter kumme?" (Es wird doch kein Gewitter aufkommen), seufzte Lisa. Gewitter in den Bergen waren ihr nie geheuer, sie fürchtete sich vor ihnen. Da wollte keinesfalls in der Gondel unterwegs sein, sondern lieber im Tal und möglichst auch vor Ort im sicheren Haus. „Haben die Hafners auch einen Blitzableiter am Haus", wollte sie plötzlich von Peter wissen, der ihr darauf keine Antwort geben konnte. „Ich habe da noch nie darauf geachtet."

Bei dem beeindruckenden Bild, das sich ihnen bot, und der angenehmen Tagestemperatur geriet Peter fast ins Schwärmen, und unwillkürlich kamen ihm die vielen hier heimischen Musikgruppen in den Sinn; die „Ursprungbuam", die „Haderlumpen" und andere, die dem Zillertal entstammen. Es werden sicher ein Dutzend sein, die vornehmlich auf Volksfesten auftreten, die Zelte und das ausgelassene Publikum ins Schwingen brachten, und manche schafften es sogar ins Fernsehen. „Woher kommt diese Konzentration auf ein relativ eng begrenztes Gebiet? Hat das mit der Landschaft zu tun, den geselligen Menschen oder womit sonst; hatte sich schon einmal jemand Gedanken darüber gemacht?" Er hatte laut darüber nachgedacht, erwartete aber keine Antwort von seiner Frau. Es war auch müßig, lange sich über dieses Thema auszulassen, denn eine schlüssige Antwort konnte weder er noch sie finden. „Das muss aber schon irgendwie mit den Bergen, der Natur und den bodenständigen Menschen dieses Tales zusammenhängen."

Nach dem Ausblick und den kurzen, leicht melancholischen Gedankenausflügen, suchten sie einen freien Platz an einem der Tische und wollten etwas zu spät noch ein Essen bestellen. Sie wurden auch noch bedient, denn es gab keine Zeitbegrenzung zur

Essenausgabe. Man war es gewohnt, dass hungrige Gäste zu jeder Zeit ankommen und hatte sich darauf eingestellt.

Bis sie gespeist hatten, zog es sich bis zur Kaffeezeit hin. Anschließend, und schon mitten am Nachmittag, bestiegen sie eine der nächsten Kabinen der Bergbahn und ließen sich ins Tal bringen. Von einem heranziehenden Gewitter war immer noch weit und breit nichts zu verspüren. In Mayrhofen hatte Peter Lust auf ein Bier, deshalb suchten sie einen geeigneten Platz in einem Garten-Terrassen-Lokal; Lisa trank lieber ein Mineralwasser. Dabei diskutierten sie den am nächsten Tag vorgesehenen Ausflug. „Ich habe umdisponiert", sagte Peter. Schon morgen werde ich zum Schlegeisspeicher fahren und zur Olpererhütte hochgehen. Dort übernachte ich und übermorgen wähle ich den Berliner Höhenweg und laufe über die Friesenscharte zum Spannagelhaus." Mit dieser spontanen Änderung wollte er seine Frau überrumpeln, damit sie nicht lange zum Nachdenken kam.

„Du kannst mit zum Schlegeissee kommen und den Rentnerweg in Richtung Pfitscherjoch laufen. Das flache Tal ist ideal für einen gemütlichen Sparziergang. Da gibt es genug Landschaft und Natur zu bestaunen und wenn du genug hast, fährst du mit dem Auto zurück und kommst am anderen Tag nach Hintertux."

„Nimm dort die Bergbahn zur Tuxer Fernerhütte. Von der Station ist der Weg zum Spannagelhaus nur kurz und einfach zu gehen. Im Haus oder in der Nähe treffen wir uns und gehen dann gemeinsam weiter. Vergiss das Handy nicht, damit können wir Kontakt halten und werden uns nicht verfehlen. Anschließend nehmen wir den Weg durch die romantische Schlucht unterhalb des Spannagelsteigs ins Tal nach Hintertux zurück. Wäre das okay für dich?" „Das können wir so machen, der Schlegeisspeicher [8]) und Hintertux sind beide sehenswert und für mich lohnende Ziele

---

[8]) https://www.schlegeis-speicher.com/wandern/

und bestimmt kurzweilig, ohne dass ich mich so schinden muss", stimmte seine Frau zu. Die Details zur Tagesgestaltung waren somit diskutiert und auch noch andere Themen wurden berührt. Zufrieden verließen sie den Ort und fuhren schweigend nach Stumm zurück.

Für heute hatte man viel gesehen und genug vom Einkehrschwung. Aus diesem Grunde wollte Lisa unterwegs beim Bäcker einen Laib Brot mitnehmen und im Kaufladen etwas zum Abendessen besorgen. „Bring mir bitte eine Flasche Rotwein und 2 Flaschen Weizenbier mit", bat er. „Du kannst ja mitkommen, kauf selber ein, was du brauchst und denke bitte auch daran, dass ich ebenfalls gerne etwas zu trinken hätte. Nimm also bitte eine Flasche Weißwein mit. Vergiss auch Mineralwasser nicht, da wir nicht mehr genug vorrätig haben." „Ist gut, ich komme mit, das kannst du nicht alles alleine tragen. Mineralwasser haben wir, meine ich, noch ausreichend und wenn das fehlen würde, dann hat Inge immer welches vorrätig, die versorgt uns gerne damit und wir bezahlen es ihr ja."

Wenn sie schon im Laden waren, wurden noch ein paar andere Sachen ausgewählt und mitgenommen. Sie wollte gerne etwas zu knabbern haben und er Obst zum Naschen. Schwer bepackt verließen sie mit zwei vollen großen Tüten nach dem Großeinkauf den Laden und begaben sich er zum Auto und dann in ihr Appartement. „Warum kauft man bloß immer viel mehr, als man eigentlich will", kommentierte Peter hinter die Einkaufslust. „Ja, wenn schon, denn schon", gab sie zur Antwort. „Es ist ja nicht so wie bei armen Leuten."

Den Abend verbrachten das Ehepaar im Haus und schaute die Sendungen im Fernsehen an, bis es Zeit fürs Bett wurde. Von einer Ehekrise war in diesen Tagen nichts zu spüren und es war auch kein Thema. Das, was innerlich grummelte, hielt jeder unter der Decke. Da hatte Peter seinen Plan und Lisa handelte eher nach dem Grundsatz: „Laissez faire", das heißt, den Dingen seinen freien Lauf zu lassen. Hätte sie aber Peters Gedanken gewusst, was er geplant und vor hatte, wären bei ihr durchaus ernsthafte Sorgen angebracht gewesen. So ahnte sie von alldem nichts und war völlig arglos.

Noch am Abend packte Peter alle Sachen in den Rucksack, die er am anderen Tag für die Übernachtung und längere Wegstrecke gebrauchen würde. Da durfte er ein Vesper für unterwegs nicht vergessen und ausreichend Getränkevorrat, bis er auf der Hütte beides wieder nachfragen konnte.

11

Trennung am Schlegeisspeicher

So wie sie es am Vortag besprochen hatten, fuhren Lisa und Peter am Dienstag gemeinsam nach dem Frühstück los. Gleich hinter Mayrhofen kommt bei Ginzling die Abzweigung zur 13,3 Kilometer langen Alpenstraße, die direkt in die Hochgebirgswelt der Zillertaler Alpen führt. Die enge Straße zum Schlegeisspeicher ist steil und kurvig, verläuft aber durch eine beeindruckende Natur, mit dem kleinen Mangel, monierte Peter beim Griff in den Geldbeutel, dass die Passage Maut kostet. Aber egal, sie passierten das Zamser Tal und durchfuhren mehrere Naturtunneln, bis die mächtige Staumauer vor ihnen auftauchte und dahinter der See, der in einer wundervollen, smaragdgrünen Farbe schimmerte.

Der von hohen Bergen umrahmte malerische Stausee ist für viele Tagestouristen ein willkommenes Ziel für entspanntes Wandern in der Umgebung, aber er ist durchaus auch für Ambitionierte der Ausgangspunkt zu längeren Touren. Der Parkplatz bietet allen selbst bei größtem Ansturm genügend Stellflächen. Nach der Ankunft stieg Peter in die Wanderschuhe, schulterte den n diesem Tag etwas schwereren Rucksack und nahm die Wanderstöcke in die Hand. Kurz verabschiedete er sich von seiner Frau, „alla mochs gued", und gab ihr einen Kuss auf den Mund. Dann ließ er sie alleine ins Tal Richtung Pfitscher Joch [9]) laufen.

Der dort sanft ansteigende Weg verläuft lange und kilometerweit ohne merkliche Steigungen hinein ins Tal. Mäandernde

---

[9]) https://de.wikipedia.org/wiki/Pfitscher_Joch

Wasserläufe und ein hoher Wasserfall bilden die romantische Kulisse. Bevor am Talende ein steiler Aufstieg zum Pass beginnt, der auch die Grenze nach Italien bildet, wie sie von einem früheren Besuch wusste, kommt dann eine urig-kleine Almhütte, die manchmal dem Gast einfache Gerichte zum Essen anbietet. Dort wollte Lisa einkehren und hinterher wieder zurücklaufen.

Peter wählte einen anderen Weg. Die Luft war angenehm frisch und die merkliche Kühle trotz des sonnigen Tages tat gut und kam ihm entgegen. Der Weg zur Olpererhütte war unschwer und abwechslungsreich und er kannte ihn schon von früher. Niedrige Büsche säumen links und rechts den Weg, die sich mit blanken Felsen abwechseln. Sie lassen genug Aussicht nach oben und unten. Die Hütte selbst ist inzwischen neu gebaut worden und nun interessierte ihn, wie das Haus heute aussieht und was jetzt dem wandernden Gast geboten wird.

Moderat stieg der Weg stetig an, abwechselnd mit kurzen flacheren Abschnitten. Anfangs durchwanderte er noch halbhohe Hecken und Zirbel-Kiefernwald. Der Blick auf den unten liegenden See und die oberhalb aufragenden Gletscherriesen des Zillertaler Hauptkammes, luden ihn immer wieder zum kurzen Verweilen ein. Eile bestand ja nicht, warum sollte er also hetzen und sich in Atemnot bringen. Er kam nun langsam über die Vegetationsgrenze hinaus und das Blickfeld öffnete sich mehr und mehr, weil blickstörende Bäume sich weit unterhalb befanden. Mächtig erhob sich ober ihm der Hausberg dieser Region, der Olperer, einer der vielen Dreitausender, die Österreich zu bieten hat und mit 3476 Meter der höchste Berg der Tuxer Alpen. Die Flächen wurden kahler und steiniger, mittelhohe wind- und wettergeformte Büsche begleiteten stattdessen seinen Weg.

Durch Grashänge, vorbei an bunten widerstandsfähigen Blumeninseln und flächendeckend Hecken mit verblühten Alpenrosen, erreichte Peter in Serpentinen die schon lange im Blickfeld liegende Hütte auf 2389 Meter. Die Uhr zeigte ihm nach der Ankunft, dass er 600 Höhenmeter in etwa eineinhalb Stunden zurückgelegt hatte. Diese Zeit lag für seine Verhältnisse durchaus in der Norm und zeigte ihm, dass er noch gut drauf war. Überanstrengt hatte er sich jedenfalls nicht; nein, „für mich war das eine ausgesprochene Plaisiertour", wie er empfand.

Die alte Hütte hatte man 2006 abgerissen und an deren Stelle einen Neubau mit viel Holz errichtet, der seit 2007 wieder den Tages- und Übernachtungsgästen zur Verfügung steht. Das Haus, die neue Olpererhütte [10]), zeigt sich heimelig und bot eine reichhaltiger Speisekarte mit regionalen Produkten. Bei der Ankunft war es späte Mittagszeit. Von unterwegs hatte er Durst und Hunger bekommen und darum bestellte er sich erst einmal ein alkoholfreies Weizenbier und dann ein schlichtes Mittagessen.

Die Hütte wird vom Ehepaar Daum bewirtschaftet, stellte er fest. Bewusst suchte Peter mit ihnen ein Gespräch und unterhielt sich über eine mögliche Tour zum Olperer und seinem Vorhaben auf dem Berliner Höhenweg. Seine Überlegung war: Sie sollten sich bewusst an ihn erinnern können und vor allem sehen, dass er alleine unterwegs war, wenn dies notwendig sein würde.

Den restlichen Nachmittag verbrachte Peter beim Aufstieg auf dem Weg zum Olperer. Er hatte sich vorgenommen, einfach soweit wie möglich aufzusteigen, wie er noch ohne Gletscherausrüstung, das heißt ohne Seil, Pickel, Helm und Steigeisen, kommen konnte. Bis zum Riepenkopf auf 2905 Meter war das noch kein Problem. Mehr hinderte ihn die Höhe. In diesem Jahr war er wegen der mangelnden Gelegenheiten noch nicht richtig angepasst und so blieb es nicht aus, dass er mit der Zeit doch häufiger eine Atempause einlegen musste. „Nicht so schlimm", sagte er sich, „bei jeder Pause kann ich allerhand sehen und entdecken; was will

---

[10]) https://www.olpererhuette.de/zillertal-huette-urlaub.html

ich mehr". Immer hatte er den pyramidenförmigen Gipfelaufbau des Olperers im Blickfeld, ein markantes Erscheinungsbild, welches sicher das Herz eines jeden Bergsteigers erfreut, wenn er so hoch dort oben stehen darf. Bis zum Gipfel war es allerdings noch sehr weit, und das wollte und konnte er dann doch nicht mehr auf sich nehmen. Dafür war es erstens zu spät und zweitens hätte er die erwähnte Ausrüstung gebraucht. So drehte er um und kehrte abends in die Hütte zurück.

Seinen Übernachtungsplatz hatte er sich schon am Mittag in einem der neuen Vierbett-Zimmer reservieren lassen und dort natürlich auch einen Teil der mitgebrachten Ausrüstung deponiert. Das Waschzeug gehörte dazu und andere Dinge, die er auf dem kurzen Nachmittags-Trip nicht hatte mitschleppen wollte. Nur den Tagesrucksack hatte er mitgenommen und neben der Wanderjacke eine Fleecejacke und ein Paar Handschuhe eingepackt. Selbst wenn das Wetter einigermaßen schön war und bei leicht bewölktem Himmel die Sonne schien, war man in den Bergen nie vor schnellen Wetterwechseln sicher. Somit gehören auch bei kurzen Wanderungen diese Sachen auf dieser Höhe unbedingt als Mindestausrüstung in den Rucksack, besser auch noch ein Dreieckstuch und ein Ersthilfe-Set. Bergfeste Schuhe sind sowieso Pflicht.

Die neue Olpererhütte bietet wesentlich mehr Komfort als es die frühere Hütte konnte. Unter anderem gibt es nun auch Warmwasser und Duschmöglichkeiten, von denen er nach dem schweißtreibenden Aufstieg gerne Gebrauch machte. Sowas wäre vor dreißig Jahren auf solchen Höhen noch undenkbar gewesen. „In den Bergen wäscht man sich nicht", sagte einmal eine Männergruppe, die schon mehrere Tage unterwegs war und auch so aussah und roch.

Dann setzte er sich zu anderen in die Gaststube, ließ sich ein Bergsteigeressen bringen und dazu ein Weizenbier. Die Tagesgäste hatten längst den Rückweg angetreten und nur noch Übernachtungsgäste, die Bergsteiger und ambitionierten Bergwanderer, hielten sich im Haus auf. Er fand nette Gesprächspartner, mit denen er sich blendend zu unterhalten verstand. Der Abend wurde spaßig und kurzweilig und das lenkte ihn zeitweise von seinen unguten Gedanken und seinem Vorhaben ab.

Viel „Jägerlatein" machte die Runde, oder anders ausgedrückt, da wurde von sagenhaften Bergerlebnissen geschwärmt, jeder wollte schon noch schwierigere Touren und höhere Gipfel gemeistert haben. „Die hochalpine Alpenwelt schien nur ein Sandkasten zu sein." Nebenbei trank Peter nach dem alkoholfreien Weizen noch zwei „Ächtele", wie der Badener sagt, also ein Viertel Blauer Zweigelt. Das zeigte, er hielt sich an diesem Abend sehr zurück, und das war wiederum seinem Vorhaben geschuldet. Kurz vor der Hüttenruhe zog er sich zurück und legte sich in das zugeteilte Bett. Er hatte sich vorgenommen, um 6 Uhr aufzustehen und wollte spätestens um 6.30 Uhr auf dem Weg zu sein.

Seine Frau wanderte nach der Trennung derweil gemächlich in das weite Tal hinein. Sie blieb immer wieder kurz einmal stehen und betrachtete bewusst die dem rauen Klima angepasste bunte Blumenvielfalt. Eher störend wirkten auf sie die vielen Biker auf dem gleichen Weg, die hinten im Tal den steilen Aufstieg zum Pfitscher Joch hoch wollten. Auf der italienischen Seite, „soll es eine supergeile Abfahrt geben", wurde ihr gesagt, nachdem sie einen Radler fragte, „wo wollen um Himmelswillen denn alle mit den Bikes hin?" Sie kam an Stellen, da säumten mächtige, haushohe Felsbrocken den Weg und rechts zog ein hoher Wasserfall den Blick auf sich, indem das Wasser hunderte Meter in die Tiefe stürzte. Mäandernde Bäche flossen durch die sumpfigen Wiesen dem Stausee zu. Der Tag war nicht heiß, der Himmel zeigte leichte

Bewölkung, genau richtig, um angenehm zu laufen. Dementsprechend viele Wanderer waren auf diesem sogenannten „Rentnerweg" unterwegs. Das gab da und dort Gelegenheiten zu kurzen Gesprächen oder man begrüßte sich freundlich mit „Grüß Gott", „Servus" oder einfach nur kurz „Hallo".

Seit dem Losgehen, waren über eine Stunde schon wie im Fluge vergangen, da hatte sie die etwas abseits vom Weg stehende, schlichte Almhütte erreicht. Die Sennerin bot an diesem Tag, neben diversen Getränken, Kaiserschmarren zum Essen an. Das war genau nach Lisas Geschmack; darauf hatte sie jetzt Appetit und sie bestellte sich eine Portion. Weitere Einkehrer kamen dazu und es entstand eine nette Plauderei. Geschäftig war nebenbei die nette Sennerin mit der Speisezubereitung tätig. Sicher freute sie sich über ein volles Haus, da sie ansonsten hier ziemlich einsam hausen musste, wenn nicht gerade das Wetter so gut mitspielt, wie heute und keine Tagesgäste vorbeikommen. Das war sie aber gewohnt und sicher auch erwünscht, sonst macht niemand so einen Job. Die Mehrheit der Wanderer zieht sowieso einfach vorbei und will zum Pfitscher Joch-Haus hinauf und auch weiter, denn von dort bieten sich mehrere Alternativen für anspruchsvolle Hochgebirgs-Touren in alle Richtungen.

Nach dem kurzweiligen Aufenthalt brach Lisa irgendwann zum Rückweg auf, verabschiedete sich von der netten Gastgeberin und wanderte langsam das Tal hinaus. Dabei hatte sie Gesellschaft von einem Ehepaar bekommen, das gleich wie sie dem Stausee zustrebte. Der Rückweg wurde somit auch amüsant und kurzweilig. Im Kiosk am See Ende ließen sie sich noch einmal nieder und sie bestellten jeweils ein Kännchen Kaffee und einen Apfelstrudel. Dann war es gut, das war für Lisa bisher ein entspannter, abwechslungsreicher und schöner Tag gewesen. Sie war für sich alleine und ohne störenden Druck. Beschwingt legte sie Wanderschuhe, Stöcke, sowie den kleinen Rucksack in den Kofferraum des Autos und fuhr auf direktem Weg nach Stumm zurück und sie wusste, „heute Abend werde ich Gott sei Dank meine Ruhe haben und weder Geschnarche noch langweiliges Gerede anhören müssen noch einem Streit ausgesetzt sein. Das werde ich genießen", darauf freute sie sich schon auf der Hinfahrt. „Wie konnte es nur soweit kommen? Wir waren doch lange Zeit sehr glücklich und ein vertrautes Ehepaar", dachte sie noch wehmütig an die alte Zeit und glücklicheren Tage zurück.

Spätnachmittags kam sie im Quartier an, erst duschte sie ausgiebig und erholte sich schon dabei unter dem angenehm warmen Wasser, das über ihre nackte Haut perlte. Hunger verspürte sie auch schon wieder, begnügte sich aber mit einem vom Frühstück übrig gebliebenen Brötchen und einer Scheibe Käse. Den Abend machte sie sich urgemütlich, trank ein Glas Wein, das war ihr schließlich genug für den abwechslungsreichen und ausgefüllten Tag. Entspannt verbrachte sie den Rest des Abends vor dem Fernseher und las dann eine Stunde in einem spannenden Buch.

Die Geschichte des Buches handelte vom Geschlecht der Windecker und Herren von Bühl, den Erbauern der Burg Windeck. Zu deren Besitz auch eine Tiefburg im Ortsteil Rittersbach gehörte, ferner eine weitere Burg, die „Neu-Windeck" in Lauf und zuletzt der sogenannte Schlosshof in der Stadt, heute das Hotel „Badischer Hof" in Bühl. Die Herren von Windeck waren wilde, mächtige und streitbare Gesellen, die sich sogar mit dem Bischof von Straßburg anlegten. Trotzdem ist das Geschlecht irgendwann ausgestorben und das Lehen fiel an das Reich zurück.

„So ist der Lauf der Dinge", grübelte sie. „Irgendwann müssen wir alle das Zeitliche segnen, ob arm, ob reich, ob mächtig oder Sklave, und das ist gerecht so." Wie sagt ein Sprichwort: „Das letzte Hemd hat keine Taschen." Dabei kam sie ein wenig ins Philosophieren, wurde melancholisch und sich wieder ihrer bedrängten Lebenssituation bewusst. Sie dachte an ihr Lebensmotto: „Es kommt nicht darauf an, wie lange man lebt, sondern dass man gelebt hat." Und sie hatte sich vorgenommen: „Lisa, ich sag dir, du willst noch einiges nachholen, was du bisher versäumt hast. Da will ich mich nicht mehr einengen lassen, weder von meinem Mann noch von sonst wem." Es schien, neue Energien kamen zurück und ihr Kampfgeist war erwacht, so wie es früher war, als sie ihren beruflichen Weg konsequent gegangen ist und bewältigen konnte.

„Rentnerweg" am Schlegeis und Tuxer Sommerskigebiet

12

Das Unheil bahnt sich an

Gegen 10 Uhr am anderen Tag wollte Lisa, wie besprochen aufbrechen, nach Hintertux fahren und dort die Seilbahn zum Tuxer Fernerhaus nehmen. Da sie sich keinen Druck machen wollte, wurde es ein paar Minuten später, bis sie loskam. Anschließend war vorgesehen, dass sie zum Spannagelhaus gehen wollte. „In dessen Nähe oder im Haus werde ich auf meinen Mann warten", bis der von der anderen Bergseite herauf kommt. Gemeinsam werden wir dann den Weg 526 laufen, der unterhalb des Spannagelsteigs verläuft und durch die sogenannte „Kleegrube" abwärts geht, in eine bewaldete Schlucht mündet und nach Hintertux verläuft.

Bevor sie das Haus verließ und losfuhr, sprach sie kurz mit Inge und erzählte ihr, wo sie hinwill und was sie vorhatte, dass sie nach Hintertux fährt und dort ihren Mann trifft, der seit gestern schon unterwegs ist. Inge wünschte ihr einen schönen Tag, viel Freude und Abwechslung in diesem besonders schönen Gebiet der Zillertaler Alpen und „Berg Heil". „Wenn ich Zeit hätte, würde ich gerne mit dir gehen. Ich liebe das Tal und die sich dort erschließende Bergwelt. Ich bin, wenn ich einmal einen Tag freihabe, oft schon dorthin gefahren und verweilte einige Stunden am Ende des Tuxertales."

Über Finkenberg und Vorderlanersbach befuhr Lisa ohne Eile die enge Straße aufwärts, bis sie Hintertux erreicht hatte. Ein mächtiger Hotelkomplex dominiert den Taleingang und davor finden sich genügend Parkplätze, wo sie das Auto unbedenklich abstellen konnte. Die Flächen sind deshalb so großzügig angelegt, weil sie vor allem im Winter den Massen dienen, die Tag für Tag den weitläufigen Hängen dieser weithin bekannten Ski-Arena zustreben. Im Spätsommer gibt es dagegen noch keine Engpässe und Diebe verirren sich nicht so oft hierher, die Gefahr von Einbrüchen ist somit gering und vernachlässigbar.

Das hochalpine Gebiet ist landschaftlich reizvoll, abwechslungsreich und der Weg, davon abgesehen, dass Trittsicherheit gefordert ist, eher unschwer. Nur darum hatte Lisa dem Vorschlag von Peter zugestimmt. Für den Tag über reichte ein kleiner Rucksack aus, indem sie eine Flasche Wasser mitführte, sowie zwei Vesperbrote, dazu die Wanderjacke und eine Mütze, die sie vor der intensiven Sonneneinstrahlung schützen sollte.

Viele Besucher, die wie sie ins Hochtal kommen, streben im Allgemeinen direkt der Seilbahnstation zu und fahren mit dem Gletscherbus I und II [11]) weiter aufwärts in die Höhe. Nicht wenige wollen zu den oberhalb liegenden ausgedehnten Sommerskigebieten. Es ist angeblich Österreichs einziges Ganzjahres-Skigebiet und entsprechend zu jeder Jahreszeit gut frequentiert. Der mondäne Ort ist wahrlich das Tor zu einem Rummelplatz für Skifahrer im Winter wie im Sommer, und sie kommen aus aller Welt. Es soll schon Jahre gegeben haben, wo über 100 Nationalmannschaften gleichzeitig mit tausenden von Skifahrern hier ihren alpinen Skinachwuchs schulten. Die riesigen, freien und schneebedeckten Flächen im Schatten des mächtigen Olperers, verkraften aber durchaus den Rummel. „Besser es konzentriert sich alles auf schon erschlossene und stark frequentierten Gebiete, als wenn

---

[11]) https://www.tirol.at/reisefuehrer/sport/wandern/bergbahnen-im-sommer/a-hintertuxer-gletscherbahnen-sommer

der ganze Alpenraum zertrampelt wird", sagte einmal ein Bergführer, der sich allgemein um die sensible Natur Sorgen machte.

In der Talstation löste Lisa ein Ticket für die einfache Bergfahrt auf den zwei Gletscherbus-Strecken, mit der sie über die Sommerbergalm das Tuxer-Fernerhaus auf 2660 Meter erreichte. Oben pausierte sie nach der Ankunft eine Weile, sah sich um und suchte ein geeignetes Plätzchen für eine Rast. Sie musste sich dabei auch erst ein wenig an die Höhe gewöhnen und durchschnaufen. Nebenbei vesperte sie in Ruhe eines der eingepackten belegten Brote und bediente sich aus der Flasche.

Nach dem Verweilen gab sie sich doch irgendwann einen Ruck und ging zu Fuß in Richtung Spannagelhaus. Dort oder in dessen Nähe sollte sie, wenn es wie geplant läuft, dann ihren Mann treffen, der von der Friesenbergscharte herkommen würde. „Ich rechne damit, dass der nicht einfache Weg mindestens 4 Stunden Zeit in Anspruch nimmt und mit Pausen eingerechnet, wird er nicht vor 13 Uhr angekommen sein, somit habe ich noch viel Zeit und kann es mir gemütlich einrichten", überlegte sie sich auf dem Weg. Die Sonne schien trotz leicht bewölktem Himmel und das machte es erträglich, dafür war die Sicht etwas diesig, was sie nicht störte. Der Wind blies dazu ein wenig, sodass die Temperatur angenehm blieb; nicht warm, aber auch nicht zu kühl, dass sie beim langsamen Gehen hätte frieren müssen. Das alpine Höhengebiet zeigte sich traumhaft: „Hier oben blicke ich ohne Übertreibung in eine unvergleichliche Bergkulisse einer erhabenen Natur und intakten Landschaft", empfand Lisa bewegt, während sie sich in Ruhe nach allen Seiten umsah und die würzige Bergluft tief in ihre Lungen einsog.

Zuerst hielt sie abwärts und ohne Mühe fand sie den gekennzeichneten Weg 526, der anfangs in ein flacheres, mit niedrigen Büschen bewachsene Gebiet führt, von Wasserläufen durchzogen, die von oberhalb aus dem ewigen Eis und Schnee mit seinen

Schmelzwassern gespeist werden und, die aus allen Richtungen gurgelnd ihren Weg ins Tal suchten. Alpenblumen, die sich der spätsommerlichen Sonne entgegen reckten, säumten den Weg. Ebenso duckten sich die dem harten Winter und den Schneemassen angepassten Alpenrosen widerstandsfähig an den Boden. In der Nähe begann der Spannagelsteig; hier wollten sie warten. „Bei der guten Sicht müsste mich Peter ohne Mühe sehen und finden können, deshalb bleibe ich hier und raste im trockenen Gras", dachte Lisa, legte den Rucksack ab und setzte sich auf ein Isolierkissen. „Wenn nicht, kann er mich ja mit dem Handy anrufen und dann beschreibe ich ihm, wo er mich finden kann."

Zu dieser Zeit war Peter schon relativ nahe. Wie er es sich vorgenommen hatte, verließ er um 6.45 Uhr die Olpererhütte und ging den Weg 526 zum Friesenberghaus auf 2477 Meter. Zügig kam er vorwärts, denn der Weg ließ sich unschwer laufen und bot immer wieder traumhafte Sicht talwärts oder hoch zu den schnee- und eisbedeckten Gipfeln. Im Friesenberghaus pausierte er, stärkte sich nochmals und trank dazu eine Apfelsaftschorle, dann ging er weiter zur Friesenbergscharte. Dazu musste er quasi um die „Gefrorene Wand" herum laufen, ein Berg der auch stolze 3288 Meter misst. Die Wegkennzeichnung blieb die gleiche und im Sommer ist es eigentlich ein viel begangener Weg. Doch heute begegneten ihm eigenartigerweise kaum einmal Bergwanderer. Vielleicht lag es daran, dass sich die Saison für Sommertouren schon dem Ende zuneigte.

Nach der Scharte hielt er Richtung Tuxer-Fernerhaus, blieb auf dem Weg 526 und traf zur späteren Mittagszeit im Spannagelhaus ein. In der Gaststube legte er den Rucksack nieder, setzte sich an einen freien Platz und bestellte das angebotene Tagesessen. Dabei plauderte er launig mit dem Wirt und dem Personal, in der vollen Absicht, dass sie sich an ihn erinnern sollten und sahen, dass er alleine unterwegs ist, wenn dies ein Thema werden sollte.

Natürlich erwähnte er, wie beiläufig, bei dieser Gelegenheit die Übernachtung in der Olpererhütte und, dass er nun den Weg nach Hintertux nehmen wolle, dort die Absicht hat seine Frau zu treffen, mit der er über die Sommerbergalm weitergehen will. Fein säuberlich hatte er bisher alle Belege der Hütten aufbewahrt, damit er später beweisen konnte, wo er sich aufgehalten hatte.

Wie abgesprochen, wollte man sich unterwegs mit dem Handy verständigen, sofern Netzempfang besteht. Zwei oder dreimal wählte er zwischendurch die Handynummer seiner Frau, drückte aber schon nach dem ersten Klingelton auf Stopp. Für den Fall, dass die Daten überprüft werden, sollte man registrieren, er hatte mehrfach vergeblich Verbindung zu seiner Frau aufgenommen. Vom Spannagelhaus hielt er sich an einen der abwärts verlaufenden Wege und sah dabei den auf- und abfahrenden Kabinen zu, die ununterbrochen zahlreiche Wanderer und Skiläufer vom Tal auf die Höhe und andere nach unten transportierten, die nicht zu Fuß nach Hintertux laufen wollten. Weiter rechts wusste er den Einstieg zum Spannagelsteig, den er umging. So kam er bald ebenfalls in dem flacheren Teilabschnitt an. Dieser schöne Flecken ist umrahmt von aufragenden Felswänden im Rücken, in denen oberhalb der Klettersteig verläuft und der kurz unter dem Spannagelhaus endet und vor sich der weite und ins Zillertal geöffnete Kessel von Hintertux.

Er lag mit seiner Vermutung richtig. Im flacheren Gelände sah er schon von weitem seine Frau im Gras sitzend, ging auf sie zu und begrüßte sie mit einem Kuss. Beiläufig stellte er die Frage: „Hesch'e schener Dag gho?" (Hast du einen schönen Tag gehabt?) „Jo, bis jetzid ischs e'gonz schener Dag gsi und warm wii in d'Badwonn. I han mi mid d'Gegend befasst und d'Usichd genossen un mi dodebi entspannd un e'bissli viel nochdenkt". (Ja, bis jetzt ist es ein schöner Tag und warm wie in einer Badewanne. Ich habe die Landschaft betrachtet, mich an der bombastischen Aussicht erfreut und dabei viel nachgedacht). „I frei mi für dii" (ich freue mich für dich), sagte er und setzte sich zu ihr, trank aus der Flasche und schilderte, welchen Weg er gestern und heute bisher gelaufen ist. „Wir bleiben auf dem ausgewiesenen Weg und kommen zur sogenannten Kleegrube", fügte er an. „Nach der offenen Landschaft betreten wir weiter unten den Wald und kommen in eine romantische Schlucht. Der Abstieg ist relativ anspruchsvoll, nach unten aber kein Problem. Du bist ja gut zu Fuß. Wir treffen auf das sogenannte Walfischmaul und weiter unten erst zum Schraubenwasserfall, später zum Kesselwasserfall. Das sind einmalige, markante und von der Natur geformte Wunder. Haben wir den Wald verlassen, sind wir auch im schon im Tal, wo wir den Gebirgsbach noch überqueren müssen und wir schwenken danach im flacheren Teil in den Ort ein. Angekommen, können wir in einem Café einkehren, bevor wir hinaus ins Tal und nach Stumm fahren."

Gut eine halbe Stunde werden sie noch so im Gras gesessen haben, dann packten beide ihre Sachen, nahmen den Rucksack auf und schritten los. Eigenartigerweise war ihnen auch auf diesem Teilstück bisher kein Mensch begegnet. Ein wenig seltsam war das schon und in Anbetracht des schönen Wetters geradezu verwunderlich. Lag es daran, dass die Ferienzeit vorüber war und vielleicht aus diesem Grund nicht mehr viele Wanderer unterwegs waren? Von unten her ist der Weg auch nicht ganz unbeschwerlich und es sind viele kraftraubende Höhenmeter zu bewältigen. Vielleicht hält das ein wenig die ab, die nur zum Spannagelhaus wollen? Doch wie es war, kam es Peter durchaus entgegen.

Vermutlich sind überwiegend nur noch Tagestouristen unterwegs, die bequem mit den Bergbahnen fahren wollen oder lieber gemütlich im Café in Hintertux sitzen und es sind die vielen, die sich hoch oben auf den Sommerskipisten austoben. „Hoffentlich bleibt das so, bis wir in der Schlucht sind. Ich kann da keine

Zuschauer gebrauchen", dachte Peter und sein hinterhältiger Plan nahm immer mehr Gestalt an.

Gletscher und Sommerskigebiet unterhalb des Olperer

Auf dem schmalen, mit Steinen und viel Wurzelwerk durchsetzten Pfad gingen sie ohne Eile und Hektik vorsichtig abwärts und tauchten weiter unterhalb in den Wald ein. Der Weg wurde steiler, links und rechts wuchsen Gebüsch mit Vogelbeeren, gemischt mit Latschenkiefern und Laubhecken. Sie näherten sich dem sogenannten „Walfischmaul", einem eigentümlich gespaltenen Steinblock, hielten an und bestaunten das einmalige Naturdenkmal. Dabei tat Peter, als wenn ihn dieses Monument interessieren würde und gab geistreiche Bemerkungen dazu.

Die Schlucht wurde bizarrer. Immer tiefer hatte sich das Wasser, das wohl seit undenklichen Zeiten vom Gletscher des oberhalb liegenden Massivs gespeist wird, in die Felsen eingeschnitten und im Fall tiefe Gumpen ausgewaschen. Schon war das mächtige Rauschen und Tosen des in die Tiefe stürzenden Schraubenwasserfalls zu hören, der nebelartige Gischtwolken aufwirbelnd in ein tiefes Becken stürzte.

„Ich muss mal für kleine Buben", sagte Peter plötzlich halblaut und verdrückte sich etwas seitlich, so, dass ihn seine Frau bei seinem Tun nicht sehen konnte. Außer Sichtweite befestigte er mitgebrachte Zusatz-Sohlen unter seinen Schuhen. Sorgfältig band er sie mit dünnem Klebeband fest. „Sollte nach Fußabdrücken gesucht werden, darf man keine Hinweise auf meine Bergschuhe finden", so sein perfider Plan.

Nachdem dies erledigt war, ging er zu seiner wartenden Frau zurück. Vorsichtig sich umblickend konnte er niemand in Sichtweite wahrnehmen, weder sehen noch hören, und Lisa war völlig arglos; sie hatte gar keine Ahnung, in welcher Gefahr sie sich von einem Augenblick zum anderen befand. „Komm, lass uns das Naturschauspiel, den tief eingeschnittenen Kessel des Schraubenwasserfalls, noch näher betrachten. Vom schützenden Geländer aus lässt es sich noch besser in die Tiefe blicken. Das ist ein tolles

Motiv; ich will ein möglichst spektakuläres Bild schießen", ermunterte Peter seine Frau, sich vom Weg aus noch etwas näher an den Abgrund heranzuwagen.

Zögerlich zwar und ein wenig unschlüssig blieb sie hinter ihm. Die Tiefe ließ sie erschaudern und ihr Magen machte sich bemerkbar. Fast senkrecht fiel vor ihr das am Rande mit Gras bewachsene Gelände ab in die Schlucht, aus der das tosende Wasser feuchten Nebel aufwirbelte. Urplötzlich packte Peter seine Frau mit kräftigem Griff, hob sie leicht an und versetzte ihr einen schwungvollen Stoß über das Geländer. Mit weit aufgerissenen Augen fiel sie abwärts, schlug 5 oder 6 Meter tiefer auf, verschwand im bodenlosen Trichter der Schlucht und war augenblicklich aus seinem Blickfeld entschwunden. Nur ein verzögerter kurzer, schriller Schrei verhallte ungehört in diesem gespenstischen Waldgebiet.

Dann war es ganz still, nur das tosende Rauschen des Wassers war weiterhin vernehmbar. Für einen Augenblick bekam Peter fast den Drehwurm und meinte hinter jedem Stein einen Kobold zu sehen, der grinsend auf ihn sieht. „So, du wirsch'mi nimmi mit'r Scheidung under Druck setze un gar minni Exischtenz kabutt moche wolle" (Du wirst mich nicht mehr mit Scheidung unter Druck setzen oder gar meine Existenz zerstören wollen), schrie Peter in gut badischen Dialekt lauthals und seiner Seele Luft machend hinterher. „In der Schlucht gibt es im Wasser so viele Strudel, Höhlen und Mulden, da wirst du hoffentlich so schnell nicht wieder auftauchen."

Eilig verließ er nach der Untat nun den Platz, obwohl ihm der Puls raste und die Adern am Hals pochten. Niemand sollte ihn hier oder in unmittelbarer Nähe sehen und unwohl war ihm schon. Sogar gegen leicht aufkommende Übelkeit musste er kräftig ankämpfen und mehrfach tief Luft holen und durchatmen. „Numme kein Panik", (nur keine Panik) ermahnte er sich und hoffte, seine Psyche würde ihm nun nicht noch einen bösen Streich spielen.

Minuten später löste er die Zusatzsohlen von den Schuhen und versteckte sie etwas abseits vom Weg in der tiefen Spalte zwischen mächtigen Steinen. „Des wird do kei Sau im Lebe finde" (die wird hier im Leben niemand mehr finden können), war er sicher. Langsam und bedächtig ging er von hier auf dem gekennzeichneten Weg. „Jetzt bloß nicht ausrutschen oder stürzen", ermahnte er sich und das war nicht die einzige Sorge. „Hoffentlich kommt mir auf diesen Weg niemand entgegen der mich erkennen könnte, bis ich in Hintertux bin." Doch ohne Auffälligkeiten oder einer ungewollten Verzögerung kam er dort an.

Wie lange er für den Abstieg gebraucht hatte, das war ihm nicht bewusst geworden, und er hatte kein ein einziges Mal auf die Uhr gesehen. Das war ihm gar nicht in den Sinn gekommen, stattdessen hatte ihn das zurückliegende Ereignis viel zu sehr beschäftigt, mehr wie ihm lieb war, und das musste er, ob er wollte oder nicht, erst verdauen. Das Geschehen, mit all seinen Konsequenzen und noch nicht abschätzbaren Folgen, beschäftigt ihn und hing wie eine dunkle Wolke in seinem Gemüt.

Um sich abzulenken, suchte er zuerst nach seinem Auto und fand es schnell und ohne Mühe auf dem Parkplatz. Um eine falsche Fährte zu legen, beschrieb er einen Zettel mit dem Hinweis: „Ich bin im Café im Ort, Peter." Den befestigte er unter dem Scheibenwischer, dann lief er zum Hotelkomplex mit ebenerdigem Shops, wo er einen freien Platz an einem der Tische im Café fand. Bewusst hatte er diesmal einen Tisch gewählt, an dem schon weitere Gäste saßen, damit bestätigt werden konnte, sie haben ihn alleine gesehen.

Bei der freundlichen Bedienung, einer hübschen Frau aus Finkenberg, wie sich im Gespräch herausstellte, bestellte er ein Kännchen Kaffee und einen Apfelkuchen, dazu ein Mineralwasser.

Zwischendurch wählte er pro forma mehrfach die Handynummer seiner Frau. „Ich hatte mich mit meiner Frau verabredet, das Auto steht auf dem Parkplatz, bisher hat sie sich aber nicht gemeldet, deshalb versuche ich zu hören, wo sie ist und bleibt", bemerkte er wie nebenbei zu den Tischnachbarn. „Dumm, sie ist nicht zu erreichen, hat offensichtlich keinen Empfang", nachdem der Ruf nicht ankam und der Anrufbeantworter sich einschaltete.

Die abgrundtiefe Schlucht des Schraubenwasserfall

Nach einer längeren Wartezeit bat er die Bedienung um die Rechnung und bezahlte seinen Verzehr. Danach verließ er ohne sichtbare Regungen das Haus, wanderte auf und ab, um zwei Stunden später er erneut ins Café einzukehren. Die Bedienung war überrascht. „Meine Frau sollte längst da sein, ist aber immer noch nicht aufgetaucht und mit dem Handy erreiche ich sie auch nicht", gab er mit Sorge in der Stimme als Erklärung. Dann wählte er die Nummer der Pension in Stumm und bekam Inge an den Apparat. „Hier ist Peter, habt ihr vielleicht etwas von Lisa gehört? Das Auto steht auf dem Parkplatz in Hintertux, aber sie ist nicht da und meldet sich auch nicht, ich warte schon eine Ewigkeit." „Nein, wir wissen nichts von ihr, ich weiß nur, dass sie heute gegen 10 Uhr hier losgefahren ist und mit sagte, dass sie nach Hintertux will und dich dort treffen", hörte er Inge sagen.

Peter trank erst erneut ein Glas Mineralwasser und bestellte sich dann ein 0,5 Liter-Glas Apfelsaftschorle. Alkohol wollte er jetzt keinen zu sich nehmen. Das Risiko war ihm zu groß, falls er heute noch mit der Polizei zu tun bekommen sollte. Weitere Versuche mit dem Handy blieben natürlich weiterhin erfolglos und gegen 19 Uhr verließ Peter erneut das Café. Längst war es draußen stockdunkle Nachte. „Sollte sich meine Frau, Lisa Bauer, melden, dann sagen sie ihr bitte, sie soll mich anrufen. Ich fahre jetzt in die Pension nach Stumm. Entweder sie kommt dann mit einem Taxi nach oder ich komme wohl oder übel wieder her und hole sie hier ab." Der Bedienung gab er extra 5 Euro Trinkgeld für die Mühe, eigentlich aber, um in guter Erinnerung zu bleiben.

Bis er in Stumm eintraf, war es 20.30 Uhr. Aufgeregt empfingen ihn sofort Inge und Klaus. „Was ist los? Hat sich Lisa immer noch nicht bei dir gemeldet?" „Nein und auch mit dem Handy ist sie nicht zu erreichen." „Da stimmt doch etwas nicht, das kann doch nicht sein, da muss etwas passiert sein und sie liegt vielleicht irgendwo hilflos im Gelände", seufzte Inge aufgeregt. „Peter du musst dringend etwas unternehmen." „Was soll ich denn jetzt noch machen, es ist doch längst schon dunkel. Vielleicht sitzt sie in einer Hütte und hat nur keinen Handyempfang." „Quatsch, jede Hütte hat Festnetztelefon, dann hätte sie sich längst von dort gemeldet." „Wo wolltet ihr euch denn treffen?" „Sie wollte mit der Seilbahn zum Tuxer-Fernerhaus und dann zum Spannagelhaus kommen. Dort oder in der Nähe wollten wir uns treffen und anschließend zu Fuß über die Sommerbergalm nach Hintertux zurücklaufen."

„Ich schalte vorsichtshalber doch lieber die Polizei ein und rufe jetzt dort an", sagte Peter, sich entschlossen gebend. „Vielleicht ist ihr etwas zugestoßen; sie hat sich verletzt und ist irgendwo in Behandlung oder in ein Spital eingeliefert worden; nein aber auch, diese Ungewissheit." Gesagt, getan, er wählte die Nummer 133 und schilderte den Fall. „Wir recherchieren, ob im Spital ein ungeklärter Fall eingeliefert wurde oder ob wir Meldungen haben und wir rufen sie dann umgehend zurück."

Eine Viertelstunde später kam sein Rückruf. „Wir haben weder ungeklärte Unfälle noch Verletzte und auch sonst keinerlei Anhaltspunkte. Sollen wir schon eine Vermisstenmeldung aufnehmen oder wollen sie bis morgen abwarten?" „Am besten gleich", bat Peter. „Gut, ich schicke eine Streife vorbei. Bitte geben sie mir ihre Adresse durch." Die Adresse und Telefonnummer wurde notiert und schon 20 Minuten später klingelte ein Polizist der Polizeiinspektion Mayrhofen an der Türe.

Der freundliche ältere Polizist nahm die Daten auf und gab sie sogleich telefonisch an seine Dienststelle weiter. „Ich sehe keine Chance oder Sinn darin, heute Nacht noch die Bergwacht loszuschicken. Es ist dunkel und wir wissen ja überhaupt nicht, wo sich ihre Frau aufhalten könnte, wo wir mit der Suche beginnen sollten. Dafür ist das Gebiet rund um Hintertux viel zu groß. Wenn wir bis Morgen nichts gehört haben, dann schicken wir nach Sonnenaufgang einen Hubschrauber auf die Suche. Es ist noch nicht Winter und wenn ihre Frau eine gute Jacke dabeihat und die richtige Kleidung trägt, kann sie normalerweise eine Nacht im Freien wohl überleben, sollte sie wegen einer Fußverletzung oder einer anderen Behinderung gehunfähig sein und sich irgendwo aufhalten. Bitte rufen sie uns morgen früh wieder an, damit wir sie auf dem Laufenden halten können und wenn ihnen noch etwas Wichtiges einfällt, bitte geben sie es uns schnellstens durch; unsere Dienststelle ist auch in der Nacht besetzt."

Lange saßen hinterher Peter und das Gastgeber-Ehepaar zusammen, bis er gegen 2 Uhr aufbrach und meinte: „Wir haben genug diskutiert, ich bin nun müde, mir fallen schon die Augen zu und ich muss mich jetzt schlafen legen, damit ich am Morgen wieder einigermaßen fit bin und einen klaren Kopf habe." „Das verstehen wir", sagte Inge und auch ihr Mann bestätigte: „Ich brauche jetzt auch dringend meine Ruhe, zumindest im Liegen, denn einschlafen werden wir garantiert sowieso nicht können."

Oben: Parkplatz Hintertux und unten: Blick zum Tuxer Fernerhaus

13

Großangelegte Suchaktion

Schon früh um 6 Uhr war Peter wieder auf den Beinen und bereitete sich zuerst eine Kanne Kaffee, der ihm die Müdigkeit austreiben sollte. Kurz darauf klopfte Klaus an der Tür. „Peter, ich fahre dich nach Hintertux, damit wir vor Ort den Leuten zur Verfügung stehen können." „Ich danke dir Klaus", gab sich Peter betont freundlich, „ich rufe zuerst noch die Polizeiinspektion an. In 10 Minuten könnten wir dann meinetwegen losfahren."

Der diensthabende Polizist informierte Peter beim Anruf, dass der Hubschrauber unterwegs ist und bald systematisch im Gelände alle gängigen Wege absuchen wird. Außerdem ist die Bergwacht verständigt. Sie schickten schon drei Suchtrupps mit insgesamt 20 Leuten auf verschiedene Wege ins Gelände. „Kommen sie nach Hintertux?" „Ja, der Vermieter fährt mich und wir starten in Kürze. Wenn wir gut durchkommen sind wir spätestens in einer Stunde vor Ort", antwortete ihm Peter. „Okay, wenden sie sich, wenn sie da sind, an Revierinspektor Horst Renkle. Sie werden sicher die Polizeiautos irgendwo stehen sehen. Er koordiniert die Suchaktion und ist für alle der zentrale Ansprechpartner."

Während der Fahrt setzte sich Peter telefonisch nacheinander mit seinen Söhnen Frank und Reiner in Verbindung. Beide befanden sich um diese Zeit noch zu Hause. Zuerst stellte er jedem die Frage, „hast du etwas von deiner Mutter gehört, hat sie vielleicht angerufen? Sie ist seit gestern spurlos verschwunden und auch nicht mit dem Handy erreichbar. Ich hatte in der Olpererhütte übernachtet und wir wollten uns gestern treffen und gemeinsam zurück nach Hintertux laufen." Beide waren völlig überrascht, schockiert, und sie wussten natürlich von nichts. Sowohl Reiner, wie auch Frank wollten spontan aufbrechen, nach Hintertux kommen und bei der Suche helfen. Jedem sagte Peter: „Ihr braucht zu lange für die Fahrt bis hierher. Bis ihr da seid, ist die Suchaktion längst gelaufen. Bitte wartet ab, ich halte euch auf dem Laufenden, dann können wir weitersehen und vorher besprechen, was noch unternommen werden könnte."

Derweil steuerte Klaus im Ferienort den Parkplatz an und sie fanden auch ohne Mühe den genannten Revierinspektor. Peter stellte sich und Klaus, seinen Vermieter aus Stumm, vor. „Servus die Herren, der Hubschrauber ist seit zwei Stunden in der Luft und sucht systematisch das weitläufige Gebiet ab, besonders dort, wo sich üblicherweise auf den bekannten Wegen die Wanderer bewegen. Er ist mit einer modernen Wärmebildkamera ausgestattet, sodass wir im Gelände verdächtiges ausmachen können. Außerdem sind drei Suchtrupps vor einer Stunde ausgeschwärmt. Sie kämpfen sich auf verschiedenen Wegen zum Tuxer-Fernerhaus vorwärts und halten links und rechts Ausschau, ob sie Spuren einer Person finden, Rufe hören oder auf Signale Antwort bekommen. Wo genau wollte denn ihre Frau hin?"

Peter informierte den Polizisten, dass er am Vortag zur Olpererhütte aufgestiegen war und gestern in der Frühe durch die Friesenscharte zum Spannagelhaus gelaufen ist. „Mit meiner Frau hatte ich vorgestern verabredet, dass sie mit dem Auto nach Hintertux fährt, den Gletscherbus nimmt und zum Tuxer-Fernerhaus kommt oder zu Fuß dorthin geht. Je nach Lust und Laune wollte sie im oder beim Spannagelhaus auf mich warten und wir uns dort treffen. Zusammen hatten wir die Absicht von da aus bequem zur Sommerbergalm zu laufen und über den Hintertuxer Gletscher in den Ort nach Hintertux weitergehen. Ich kam gegen 13 Uhr im

Spannagelhaus an, kehrte dort ein und wartete, außerdem nahm ich dort das Mittagessen ein. Mehrfach versuchte ich dabei meine Frau mit dem Handy zu erreichen, was mir nicht gelungen ist. Nach längerem Warten und Suchen in der weiteren Umgebung gab ich schließlich auf und ging alleine direkt nach Hintertux. Dort fand ich schließlich das Auto vor, also war sie auch angekommen. Sie muss also hierhergefahren sein. Ich klemmte einen Zettel hinter die Scheibe und wartete stundenlang im Café. Wieder und wieder versuchte ich sie auf dem Handy zu erreichen, leider ohne Erfolg. Sie meldete sich nicht und tauchte auch nicht auf. Längst war es dunkel, deshalb gab ich auf, fuhr ich nach Stumm zurück und verständigte von dort aus ihre Dienststelle."

„Musste ihre Frau Medikamente einnehmen oder hat sie manchmal gesundheitliche Einschränkungen, so dass sie sich eventuell in einer hilflosen Lage befinden könnte?", wollte Horst Renkle wissen. „Nein, mir ist nichts dergleichen bekannt und selbst bei längeren Wanderungen hatte sie nie wegen einer eventuellen Unterzuckerung und oder anderen Beschwerden geklagt, außer, dass es ihr manchmal zu anstrengend war und der Weg zu mühsam oder zu lang", gab Peter zur Antwort.

Die Suche dauerte den ganzen Tag über. Der Hubschrauber landete gegen 16 Uhr auf dem Parkplatz im Ort. „Das ganze Gebiet ist sorgfältig abgesucht worden, aber weder eine verletzte Person wurde entdeckt, noch jemand der sich in irgendeiner Weise bemerkbar gemacht hätte", berichtete der Co-Pilot. „Es ergibt keinen Sinn, weiter eine Nadel im Heuhaufen zu suchen. Hoffen wir, dass die Bergkameraden mehr Erfolg haben werden."

Die Mannschaften der drei Suchtrupps des österreichischen Bergrettungsdienstes trafen gegen 17 Uhr auch nach und nach ein und berichteten übereinstimmend von ihrer erfolglosen Suche. „Es wird jetzt bald dunkel. Ohne Anhaltspunkte können wir heute nichts mehr tun. Morgen wollen wir zusätzlich einen Suchhund einsetzen, vielleicht findet er eine Spur. Können sie uns ein Kleidungsstück ihrer Frau bringen?" „Ja, das geht", sagte Peter: „Ich bringe ihnen morgen ein Wäscheteil mit." „Wenn sie ein brauchbares Bild ihrer Frau haben, wäre uns das auch hilfreich", ergänzte der Beamte. „Ich telefoniere heute Abend mit meinen Söhnen. Diese sollen die gespeicherten Bild-Dateien durchsehen und ihnen ein gutes Bild per Mail an ihre Dienststelle schicken, dann können sie sich das ausdrucken." „Das ist eine gute Idee Herr Bauer, hier ist meine Karte mit der Mail-Adresse; dann auf Wiederschauen und bis Morgen."

Die Warterei zehrte massiv an den Nerven und vielleicht war es noch etwas mehr. Den Tag über hatte sich Peter mit Kaffee, Cola und Apfelsaftschorle reichlich bedient. Dabei wirkte er nervös und aufgekratzt, ein Grund, dass Klaus immer wieder versuchte beruhigend auf ihn einzuwirken. So gesehen wirkte sein Verhalten oder seine Haltung durchaus glaubwürdig und nachvollziehbar. Gegen 18 Uhr dämmerte es und schnell ging es vom Tageslicht in die blaue Phase über und langsam brach die Dunkelheit herein. Der Himmel war wolkenverhangen und grau, sodass es ihnen noch dunkler vorkam, als sonst schon in so einem Talkessel. Sie verabschiedeten sich von Horst Renkle und Peter informierte ihn, „dass er Morgen gegen 8 Uhr wieder da sein will." Anschließend fuhr ihn Klaus nach Stumm zurück.

Zurück in Stumm nahm Peter erneut Kontakt mit seinen Söhnen auf. Zuerst bat er sie, ein gutes Porträtbild der Mutter aus den Computerdateien zu wählen und an die Mail-Adresse der Bezirksinspektion Mayrhofen zu senden. Das wollte Reiner tun, der die größere Sammlung gespeichert hatte. Nun ließen sie sich auch nicht mehr aufhalten und erklärten übereinstimmend und unabhängig voneinander, dass sie am nächsten Morgen in Hintertux eintreffen werden. „Ich halte zu Hause die Ungewissheit nicht aus und vor Ort können wir vielleicht den Suchtrupps helfen und mehr bewirken" rechtfertigte sich Reiner. Peter konnte es nicht verhindern und wollte auch nicht unnötig dagegen einwirken. Nach diesen Telefonaten lief er schnell in den Ort, besorgte sich etwas zu essen und zwei Flaschen Weizenbier und kehrte in sein Zimmer zurück.

„Bis jetzt ist alles nach Plan gelaufen", triumphierte Peter innerlich zufrieden und erleichtert. „Ich hoffe nur, dass sie meine Frau, oder was von ihr übrig ist, nicht so schnell finden, ja, dass sie nicht sofort auftaucht. Je länger das dauern wird, umso besser, desto weniger Spuren werden zu finden sein. Ich muss nur die Ruhe bewahren und darf mich jetzt in keiner Weise verdächtig verhalten."

Tags darauf hatte Klaus dringende geschäftliche Dinge zu erledigen und konnte nicht mitkommen oder als Chauffeur zur Verfügung stehen. Peter musste deshalb diesmal alleine ins entlegene Tal fahren. Der Tag begann auch überhaupt nicht gut. Schon in der Nacht hatte es zu regnen begonnen und nun goss es wahrlich in Strömen. Das kam Peter nicht ungelegen, so kann, rechnete er sich aus, die Sucherei nicht viel bringen. Kurz nahm er das Frühstück ein und brach dann alleine auf. In Stumm legte er erst noch bei der Bäckerei einen Stopp ein und ging dann zu Fuß auch noch zum Lebensmittelladen, wo er sich Wurst zu den in der Bäckerei gekauften Brötchen besorgte, damit er für den Tag etwas zu essen hatte. Dann fuhr er aber ohne Verzögerung nach Hintertux.

Der Ort zeigte sich immer noch trist und wolkenverhangen, die Sicht betrug keine fünfzig Meter. Normalerweise will bei solch einem Wetter kein Mensch vor die Türe treten. Nach kurzem Suchen traf er wieder auf den Revierinspektor Horst Renkle und ließ sich informieren, wie es n diesem Tag weitergehen soll und übergab bei dieser Gelegenheit eine Bluse seiner Frau. „Das Bild ist auch schon angekommen und ich habe veranlasst, dass sofort 10

Exemplare ausgedruckt und an die Helfer verteilt wurden. Damit haben diese etwas in der Hand und können sich umhören."

„Heute sieht es überhaupt nicht günstig aus", klagte Renkle. „Den Hubschrauber können wir bei dem Sauwetter nicht einsetzen und selbst die Suchmannschaften sind durch die schlechte Sicht und vom Regen mehr als beeinträchtigt. Wir werden aber trotzdem sehen, was wir machen können."

Die spektakuläre Suche hatte im Ort schon viel Aufhebens ausgelöst und überall standen Menschen diskutierend unter ihren aufgespannten Regenschirmen. Bei diesem Wetter war die Suche willkommenes Tagesgespräch und passend, sich die Zeit des Tages zu vertreiben. Peter versuchte so weit wie möglichen Abstand zu den Menschen zu halten. „Bloß nicht immerzu angesprochen werden", war seine Sorge. Kurz nach 10 Uhr traf Frank ein und eine halbe Stunde später auch Reiner. Beide hatten unterwegs bereits per Handy Kontakt zum Vater aufgenommen und ihr Kommen signalisiert. Bei der Ankunft umarmten sie beide den Vater und drückte ihn mitfühlend. Bei Reiner sah man Tränen in den Augen und auch Frank musste an sich halten, nicht loszuheulen. „Wir können einfach nicht begreifen, was da abläuft", klagte er und Reiner nickte zustimmend.

Zuerst informierte der Vater seine Söhne, was bisher unternommen wurde und heute geplant war zu tun. Gemeinsam suchten sie wieder nach Horst Renkle und Peter stellte ihm seine Söhne vor. „Wie können wir uns einbringen?", wollte Reiner vom Inspektor wissen. „Der Apparat ist am Laufen, da können sie nicht sehr viel beitragen und das Wetter spielt heute leider auch nicht mit. Ich sehe nur die eine Möglichkeit, dass sie mit einem Handzettel an den Tal- und Bergstationen, sowie bei den wenigen Wanderern, die ihnen auf den Wegen begegnen, nachfragen, ob jemand ihre Mutter gesehen hatte, ob auf oder am Weg etwas

Merkwürdiges aufgefallen ist." "Ja, das wollen gerne wir tun", gaben sie zur Antwort und Renkle drückte ihnen zwei Ausdrucke in die Hand. „Ist das Wetter noch so trübe, immer hoch die gelbe Rübe", warf Reiner ein und wollte etwas Humor in die traurige Stimmung einfließen lassen.

„Welche Wege kann denn unsere Mutter gelaufen sein?", wollte Frank vom Vater wissen. „Es gibt mehrere Wege, erstens den durch die Schlucht oder zweitens den bequemeren über die Sommerbergalm, den wir eigentlich laufen wollten, und dann gibt es noch viele Querverbindungen. Vereinbart hatten wir aber, dass eure Mutter mit den Bahnen zum Tuxer-Fernerhaus kommt und von dort zum Spannagelhaus läuft, wo sie auf mich warten sollte, dann aber nicht da war und ein Handyanruf, wie abgesprochen, kam auch nicht."

Der geplante Einsatz mit dem Suchhund erwies sich als Reinfall und brachte nichts. Die Spuren waren bei der Nässe zu diffus und endeten noch im Ort. Den ganzen Tag über waren die Suchtrupps von Hintertux bis zum Tuxer-Fernerhaus und dem Spannagelhaus unterwegs, ohne Erfolg. Die Gesuchte war und blieb verschwunden und nicht eine einzige Spur auszumachen. „Die vermisste Person ist wie vom Erdboden verschluckt und die Flächenausdehnung ist riesig", resümierte Revierinspektor Horst Renkle resigniert. „Selbst die Handyortung schlug fehl. Es ist sinnlos, ohne Anhaltspunkte weiterzusuchen. Wir werden heute Abend die Suche vorläufig einstellen, aber weiter gezielte Befragungen vornehmen und noch eins, ich musste routinemäßig, aufgrund der ungeklärten Sachlage, die Kriminalpolizei einschalten. Der Exekutivbedienstete, Gruppeninspektor Hans Geisler nimmt weitere Ermittlungen auf und wird sich mit ihnen in Verbindung setzen." „Ich stehe ihm voll zur Verfügung", sagte scheinheilig Peter. „Vorerst bleibe ich in Stumm und bin dort auch mit dem Handy jederzeit erreichbar."

Seine Söhne wollten beim Vater bleiben. „Im Appartement ist genug Platz. Es ist mir recht, wenn ihr hier bleibt", antwortete Peter. Er fuhr anschließend los und seine beiden Söhne folgten ihm jeweils mit ihren Autos. In Stumm klingelte Peter zuerst bei Inge und Klaus und informierte sie über den Stand der vergeblichen Suchaktionen. Bei Inge liefen sofort die Tränen und auch Klaus hatte Mühe sie zu unterdrücken. „So eine Katastrophe, so ein Unglück; diese Ungewissheit, was geschehen, was los ist", klagte Inge. Peter sagte ihnen, „dass seine beiden Söhne hierbleiben wollen - vielleicht morgen auch - wir werden sehen." Die Buben waren den Hafners natürlich von früheren Urlaubsbesuchen gut bekannt und hießen sie herzlich willkommen, auch mitfühlend in den Arm nehmend. Viel und lange wurde noch diskutiert und Klaus hatte Peter und seinen Söhnen jeweils ein Bier hingestellt und ein Gläschen Marillen-Schnaps folgte zwischendurch. „Vielleicht hilft ein Schnaps die Nerven etwas zu beruhigen", fügte er an. „Ja, wer Sorgen hat, hat auch Likör", schrieb schon Wilhelm Busch, wusste Frank.

Im Appartement machten sich anschließend alle drei etwas frisch und wollten dann ins Restaurant gehen und noch eine Kleinigkeit essen. „Appetit habe ich nicht", sagte Peter zu seinen Buben, und ihnen wurde jetzt erst bewusst, dass sie den ganzen Tag über nichts gegessen hatten. „Aber etwas essen und trinken müssen wir schon noch", gab Reiner zu verstehen.

Nach der Ankunft im Landgasthof Linde wählten sie einen Tisch in der Ecke, denn natürlich wusste man auch da schon von der Suchaktion. Das hatte sich im ganzen Tal schnell wie ein Lauffeuer herumgesprochen. Alle drei bestellten ein Weizenbier und Tiroler Schlutzkrapfen, eine Spezialität des Hauses. Immer wieder drehten sich beim Essen die Gespräche nur um eines; ja, eigentlich redeten sie ununterbrochen im Kreis. Über was hätten sie auch sonst reden sollen? Zu groß war die Anspannung und bei beiden Söhnen nagte die Ungewissheit. „Was ist geschehen, wo ist unsere Mutter?" „Hat eure Mutter davon gesprochen, dass sie mich verlassen will und wenn ja wohin?", versuchte Peter vorsichtig herauszufinden. „Nein", sagten Frank und Reiner übereinstimmend. „Sie erwähnte zwar gelegentlich, und das wissen wir ja auch von früher, dass ihr euch häufig gezofft habt und es Streit gab, aber von Verlassen war nie die Rede. Wohin hätte sie auch gehen wollen. Und in welcher Ehe gibt es nicht zwischendurch auch Mal eine Krise und Dissonanzen? Immer wieder hatte sie uns zu diesem Thema eingebläut, dass man in einer Ehe nicht gleich wegläuft, wenn es einmal aus irgendeinem Grund nicht stimmt, wenn eine Disharmonie auftritt. Etwas anderes wäre also sicher nicht die Art unserer Mutter."

Das hörte Peter gerne. „Aus dieser Richtung droht mir offensichtlich kein Misstrauen oder ein Verdacht", dachte er bei dem, was er hörte.

Oben: Blick zum Spannagelhaus, unten: Restaurant Sommerberg

14

Ermittlungen werden aufgenommen

Schon kurz nach 7 Uhr meldete sich telefonisch der Gruppeninspektor Hans Geisler von der Kriminalpolizei und bat um ein Treffen. „Sie können sofort hierherkommen. Meine Söhne sind da und im Haus ist genug Platz. Die Vermieter unserer Ferienwohnung, Inge und Klaus Hafner sind über alles informiert und helfen gerne unterstützend, wo sie können", erwiderte Peter. „Gut, dann bin ich gegen 8.30 Uhr bei ihnen."

Inzwischen war Frank dabei, den Kaffee für das Frühstück zu bereiten und seinen Bruder hatte er losgeschickt, Brötchen im Bäckerladen zu besorgen. Frank wollte allerdings lieber Müsli essen und benötigte dazu frische Milch. Deshalb hatte Reiner auch den Auftrag, im Lebensmittelladen das auch noch und geeignete Zutaten für das Müsli einzukaufen. Bis sich Geisler bei den Hausleuten meldete, war man gerade mit dem Frühstück fertig geworden.

Inge begleitete den Gruppeninspektor die Treppe nach oben ins Appartement. Geisler stellte sich offiziell vor und zeigte, mehr symbolisch wie bewusst lesbar, seinen Dienstausweis. Auf die Bitte hin nahm er am Tisch Platz und bat zuerst Peter darum, ihm doch genau zu schildern, was am und seit dem Tag des Verschwindens geschehen ist, was er weiß und zu allem sagen kann. Das nahm eine volle Stunde in Anspruch und der Kriminalbeamte machte zu allem eifrig Notizen. Dann informierte er dienstbeflissen, dass man pflichtgemäß sich umhören und an den angegebenen Stellen nachfragen muss. „Das ist keine Verdächtigung, sondern gehört mit zum routinemäßigen Ablauf. Wir müssen in so einem Fall in alle Richtungen ermitteln." „Noch etwas, gab es einen Grund, warum ihre Frau hätte verschwinden wollen, hatten sie Streit, gibt es Eifersüchteleien, haben sie finanzielle Probleme? Das sind viele Fragen auf einmal, Herr Geisler, kurze Antwort aber zu allem, nein, nein", gab sich Peter etwas verschnupft. „Sie haben für alle Maßnahmen und Nachforschungen mein uneingeschränktes Einverständnis", ergänzte er noch, sich seiner Sache sicher wähnend, „und wenn Fragen auftauchen oder ich oder wir etwas beitragen können, ein Anruf genügt und wir sind schnellstmöglich zur Stelle."

„Das ist gut, nehmen sie meine Fragerei auch nicht zu persönlich, das gehört einfach zu meinem Job und den üblichen Nachforschungen dazu." „Ist schon okay", wollte Peter den Ball wieder etwas flach halten.

Nach einem weiteren, eher belanglosen Gesprächsfortgang, wo die beiden Söhnen auch mit angesprochen und eingebunden waren, verabschiedete sich Hans Geisler. „Wenn es geht, bitte ich darum, dass sie hier noch einige Tage bleiben und uns zur Verfügung stehen, für den Fall, dass wir sie oder noch weitere Informationen brauchen." „Das hatte ich schon geplant, mein Urlaub ist zwar seit gestern zu Ende, ich habe aber schon in der Firma angerufen und mitgeteilt, dass ich eine Verlängerung brauche und man hat aus dem von mir geschilderten Grund dafür vollstes Verständnis. Zudem, glauben sie mir, in meiner Lage, könnte ich jetzt sowieso nicht konzentriert arbeiten und das sieht man dort sicher genauso. Ich bleibe auf jeden Fall noch diese Woche hier. Das Haus ist nicht voll belegt, sodass die Vermieterin sicher kein Problem damit hat."

Hans Geisler verabschiedete sich freundlich: „Also, servus, Wiederschaun." Danach ging Peter mit Hans Geisler nach unten an die Eingangstüre und informierte anschließend Inge, dass er noch einige Tage bleiben will oder muss. „Bleibe, so lange du willst, ich werde dir dafür auch nichts berechnen. Deine schlimme Lage will ich nicht ausnützten." „Das ist sehr lieb von dir, bist ein Schatz", gab Peter scheinheilig zur Antwort.

Bevor er ins Zimmer zurückging, informierte er sie noch, dass er mit seinen Söhnen gemeinsam wieder nach Hintertux fahren und auf eigene Faust auf die Suche gehen wolle. Damit wollte Peter weiter eine falsche Fährte legen und jeglichen aufkommenden Verdacht im Keim ersticken. „Auch wenn wir uns nicht viel davon versprechen, es beruhigt zumindest die Nerven und ist allemal besser, wie wenn wir hier den ganzen Tag nur herumzusitzen", gab er als plausiblen Grund dafür an.

Das taten sie dann auch. Frank steuerte das Auto und ohne Verzögerung erreichten sie in der üblichen Zeit das entlegene Hintertux. An diesem Tag regnete es zwar nicht mehr, die Wolken hingen aber immer noch tief und ließen nichts von der reizvollen Landschaft dieses bekannten und gut besuchten Hochtales erkennen. Vor Ort berieten sie kurz, wie man vorgehen will und kamen überein, mit der Gletscherbahn zum Tuxer-Fernerhaus aufzufahren. Reiner hegte die Hoffnung: „Vielleicht ist weiter oben schöneres Wetter."

Sowohl an der Talstation, wie auch bei der Ankunft in der Bergstation zeigten sie dem Personal ein Foto der Vermissten und stellten die Frage, „ob man etwas weiß oder gehört hat?" Alles war negativ. Oben am Tuxer-Fernerhaus angekommen, stellten sie fest, besser war das Wetter hier leider auch nicht, es schien sogar am Vortage etwas geschneit zu haben. Die Hänge waren leicht weiß gepudert. „Wie sollte man da eine Spur finden können, wenn niemand etwas weiß, gesehen hat oder sich erinnern kann?", klagte Frank resignierend, „das alles ist wie verhext, das kann doch nicht wahr sein. Für mich ist dies wie ein Albtraum."

Dabei versagte ihm fast die Stimme, so übermannte ihn wieder die Verzweiflung.

Sie gingen zum Spannagelhaus und kehrten in der warmen Stube ein. Der Wirt begrüßte Peter, den er sofort erkannte. „Ich habe schon von dem spurlosen Verschwinden deiner Frau gehört. Weißt du inzwischen etwas Näheres?" „Nein, die Suche ist bisher leider erfolglos geblieben. Sie scheint wie vom Erdboden verschluckt worden zu sein. Es finden sich keinerlei Anhaltspunkte, wo sie war und sich aufgehalten haben könnte. Ich bin nun mit meinen beiden Söhnen hier, um auf eigene Faust weiterzusuchen und uns umzuhören. Vielleicht erhalten wir durch einen glücklichen Zufall einen brauchbaren Hinweis." „Ach du liebe Zeit, gab sich der Hüttenwirt überrascht. Wisst ihr wie groß und unübersichtlich das Gebiet hier ist? Wenn die erfahrenen Suchmannschaften keinen Erfolg hatten und der Hubschrauber vergeblich suchte, kannst du dir die Mühe sparen." „Da machen wir uns auch nichts vor, es ist für uns aber immer noch besser, als untätig irgendwo herumzusitzen", erwiderte Frank anstelle seines Vaters. „Wenn man das so sieht, dann habt ihr Recht. Dann wünsche ich euch, dass ihr wenigstens von der imposanten Berglandschaft etwas mitnehmen könnt. Kommt, trinkt noch einen Obstler auf meine Kosten." Der Hüttenwirt zeigte sich bewusst von der besten Seite und wollte damit sein Teil zur Bewältigung dieser unschönen Sache beitragen.

Mit seinen Söhnen beratschlagte nun Peter, welchen Weg man gehen wolle: „Entweder gehen wir zur Sommerbergalm, wie ich mit Lisa vorgesehen hatte. Eine Möglichkeit wäre auch durch die Schlucht, was ich mit Lisa auch in Erwägung gezogen hatte?" „In der Schlucht wird es wegen Regen und dem Schneefall glitschig und rutschig sein", äußerte Reiner seine Bedenken. „Das können wir auch später noch machen, es muss jetzt nicht unbedingt noch mehr passieren." „Du hast recht", pflichtete ihm Frank bei. „Also, gehen wir lieber den Weg in Richtung Sommerberg. Wir nehmen den Weg Nr. 325, und auf dem Sommerberg ist ein Restaurant, wo wir einkehren und uns aufwärmen können. Ja, wir suchen konzentriert das Gebiet links und rechts des Weges ab", bat Frank. „Lassen wir uns viel Zeit; nur so können wir, wenn überhaupt, etwas auffallendes wahrnehmen", ergänzte Reiner. Nachdem sie die bestellten Getränke geleert hatten und mit dem Wirt alles besprochen war, zogen sie sich wieder die Jacken über und verließen das Haus. In der Gaststube war es angenehm warm, draußen empfing sie aber ein eiskalter, stechender Wind. Da war es besser, die Jacke eng und hoch zu schließen und die Kapuze tief ins Gesicht zu ziehen.

Der Weg erwies sich als unschwer; eben ein typischer Wanderweg der Berge, immerzu mal auf, mal ab. Mehr schweigend liefen die drei und hielten nach allen Seiten des Weges nach Auffälligkeiten Ausschau und sie ließen sich tatsächlich viel Zeit. Immer wieder ging einer auch einmal ein Stück abseits und stieg den Hang abwärts, wenn das Gelände sich diffus zeigte, ohne jeglichen Erfolg. Könnte irgendetwas einen Hinweis geben, gibt es Auffälligkeiten? Nicht der geringste Anhaltspunkt ließ sich ausmachen.

Dann trafen sie im Panoramarestaurant ein. Bisher hatten sie nicht eine Minute eine Pause eingelegt. Immer noch war es zu kühl und ungemütlich um im Freien ein Platz nehmen zu wollen, deshalb suchten sie einen freien Tisch im Haus, bestellten erst ein Getränk und dann wählte jeder für sich ein Mittagsmenü.

Während des Aufenthalts in der Gaststube redeten sie über alles Mögliche, auch über manche Ereignisse aus dem Alltag ihrer Familien. Erst nach etwa eineinhalb Stunden brachen sie auf, verließen das Gasthaus, gingen den Fußweg 324 weiter und in einem weiten Bogen oberhalb Hintertux erst durch den Wald und dann kamen sie hinunter in den Ort.

Nach der Ankunft brauchte Peter dringend einen doppelten Espresso. Sie betraten ein Café, Peter bestellte das gewünschte Getränk und jeder seine beiden Söhne ein Glas Apfelsaftschorle. „Ich bin total ausgelaugt und hundemüde; fahren wir zurück. Ich muss mich unbedingt etwas aufs Ohr legen, denn ich habe die letzten Tage kaum geschlafen, das macht sich jetzt bemerkbar", klagte Peter. „Verstehen wir gut", sagte Frank, „wir können hier auch nichts weiter ausrichten und stattdessen nur untätig herumsitzen, das bringt schon gar nichts", warf Reiner ein.

Zurück in Stumm zogen sie sich in das Appartement zurück. „Vater lege dich jetzt hin und versuche eine Stunde zu schlafen. Wir gehen derweil in den Ort und besorgen das Nötige für das Abendbrot. Heute wollen wir nicht noch einmal ins Restaurant gehen; wir essen lieber hier", bat Reiner. „Wir werden auch noch einmal hier übernachten, und wenn sich immer nichts getan oder gezeigt hat, fahren wir morgen nach Hause. Die Frauen sind schon ganz unruhig und erwarten uns sehnlichst. Zur Arbeit müssen wir auch wieder", fügte Frank an. „Es ist so traurig und ein zu Herzen gehendes Elend; das wird durch die Untätigkeit und Ungewissheit hier nicht besser. Die Familie zu Hause und unsere Arbeit lenken wenigstens etwas davon ab."

Nachdem sich Peter zurückgezogen und niedergelegt hatte, telefonierte Frank noch einmal mit den Inspektoren Horst Renkle und Heinz Geisler, um zu hören, ob es Neuigkeiten gibt, sich eine Spur, ein Anhaltspunkt aufgetan hat? Dazu informierte er, dass sein Bruder und er morgen wieder nach Hause fahren wollen, der Vater aber noch hierbleibt. „Wir sind zu Hause weiterhin für sie erreichbar, wenn wir etwas beitragen können."

15

Nicht die winzigste Spur

Die Söhne packten am nächsten Morgen, so wie sie es am Abend sich vorgenommen hatten, die Sachen zusammen und nach dem Frühstück beabsichtigte jeder unabhängig nach Hause zu fahren. Zuerst verabschiedeten sie sich aber noch herzlich von Inge und Klaus und dankten ihnen für deren Unterstützung und Beistand. Nebenbei erfuhren sie, „die Presse berichtete heute ausführlich über den Fall und Rundfunk und Fernsehen haben das schon gestern Abend in den Sendungen getan. Vielleicht kommen aus der Bevölkerung doch noch brauchbare Hinweise." „Wir bleiben mit dem Vater in Kontakt. Wenn sich etwas ergibt, sind wir sofort wieder da", versprach Reiner, und Frank nickte zustimmend. Neugierig geworden, erwarben sie sich im Dorfladen noch jeweils ein Exemplar der Regionalzeitung und nahmen sie mit nach Hause.

Den ganzen Tag blieb Peter überwiegend im Haus. Nur kurz ging er ins Dorf und besorgte sich auch eine Zeitung, sowie die aktuelle „Bild" und den neuesten „Stern", damit er Lesestoff zur Ablenkung hatte. Mittags bediente er sich von den Resten aus dem Kühlschrank, haute sich zwei Eier in die Pfanne und gab Speck dazu. Dann ließ er sich vor dem Fernseher nieder, froh, nun seine Ruhe zu haben. Das laufende Programm lenkte ihn bisher ein wenig ab, wenn sich wieder sein schlechtes Gewissen meldete. Nebenbei trank er eine Flasche Rotwein leer. Das beruhigte ihn mit der Zeit auch.

Zwischendurch klopfte Inge an der Tür. „Brauchst du etwas", wollte sie wissen, „kann ich etwas für dich tun, hast du was zu essen?" „Ja, ich bin versorgt." Später kam Klaus auch noch vorbei und brachte ein Bier und eine Flasche Obstler mit. Jeder leerte eine Flasche Bier und sie tranken zwei Schnäpse dazu. Das Gespräch drehte sich natürlich immer nur um das gleiche Thema, mit vielem Wenn und Aber. „Diese Ungewissheit ist eine pure Qual", seufzte Klaus mehrfach „und wie ungerecht das Schicksal doch sein kann. Das ist seelische Folter. Ich wüsste nicht, was ich täte, wenn ich an deiner Stelle wäre." Dann trollte sich Klaus, und Peter wandte sich wieder dem Fernsehprogramm zu, ohne bewusst mitzubekommen, was gerade läuft. Konzentriert zuschauen konnte er nun einfach nicht mehr. Zu viele Gedanken stürmten auf ihn ein, umnebelten seine Sinne, die ihn immer wieder ablenkten. „Was ist, wenn sie meine Frau finden. Was kann man mir beweisen? Ich darf gar nicht daran denken, denn dann wäre ich erledigt."

Die Ungewissheit ging ihm mehr als ihm lieb war an die Nieren, und immer stärker machten sich Gewissensbisse breit. Lag das am inzwischen konsumierten Alkohol, der doch eigentlich benebeln sollte? „War es das wert, was du getan hast; du bist ein Mörder, und noch schlimmer, du bist es an deiner eigenen Frau." Die Gedanken setzten sich wie ein böser Geist in ihm fest. In den letzten Tagen war er immer so eingespannt gewesen, dass ihm gar keine Zeit geblieben war, irgendwelche Gewissensbisse aufkommen zu lassen. Jetzt aber, wo er alleine war und um ihn nur Ruhe herrschte, da drängten sich ihm unwillkürlich Vorwürfe auf und er stellte sich die Frage, „ob es wirklich keine andere Lösung gegeben hätte. Habe ich vorschnell gehandelt?" Schnell verdrängte er die bohrenden Stimmen und goss sich einen doppelten Schnaps ein, den er in einem Zug hinunterkippte.

Früh war er am anderen Morgen wach und trieb ihn aus dem Bett. Nach dem üblichen Gang ins Dorf, den Besorgungen, wozu natürlich wieder die „Bild"-Zeitung gehörte, telefonierte er mit Heinz Geisler, der ihm nichts oder immer noch nichts Neues berichten konnte. „Meine Leute sind noch auf der Suche und gehen selbst dem kleinsten Hinweis nach, bisher ergab sich aber nichts Konkretes, nicht die winzigste Spur. Niemand kannte ihre Frau und kein Mensch scheint sie gesehen oder wahrgenommen zu habe. Es ist wie verhext. So ein Fall ist mir noch nicht untergekommen. Jeder Mensch hinterlässt doch normalerweise irgendwelche Spuren." „Ich denke, es hat dann keinen Sinn, dass ich weiter hierbleibe", klopfte Peter vorsichtig an. „Wenn sie nichts dagegen haben, dann fahre ich morgen auch nach Hause, meine Söhne sind schon weg. Ich bin aber jederzeit erreichbar und wenn sich irgendetwas ergibt, komme ich sofort wieder her." „Gut, ich sehe das auch so. Ich kann sie nicht aufhalten und sehe auch keinen Grund, warum sie länger bleiben sollten, ohne etwas tun zu können", erwiderte Geisler verständnisvoll. „Adresse und Telefonnummer haben wir und ich melde mich, sobald eine Information eingeht, wenn wir eine Spur finden oder ihre Anwesenheit erforderlich sein sollte."

Wieder regnete es in Strömen im Zillertal und das sonst so liebliche Tal hüllte sich in grauen dichten Nebel und verbreitete pure Tristesse. Das musste auch unter normalen Umständen den Menschen schon aufs Gemüt schlagen. In diesem Jahr hatte der Herbst ausgesprochen schlecht und verregnet begonnen. Der Winter will sich wohl mit Macht anbahnen. Von einem „goldenem Oktober" konnte in der letzten Woche wahrlich keine Rede sein. Da machte es kein Vergnügen unterwegs zu sein und schon gar, den ganzen Tag im Haus herumzuhängen. Untätigkeit war Peters Ding schon gar nicht.

Den letzten Abend verbrachte er missmutig im Haus. Ins Restaurant gehen, wollte er nicht, aus Furcht angesprochen zu werden und mit allen möglichen Leuten reden zu müssen. Da er keinen Essensvorrat mehr hatte, war Inge bereit, ihm etwas Brot, zwei Eier und ein Stück Speck zu geben. Bei dieser Gelegenheit informierte er sie über das Telefonat mit Heinz Geisler und, dass er morgen die Zelte hier abbrechen und abreisen will.

Zurück im Zimmer telefonierte er mit seinen Söhnen und sagte auch ihnen Bescheid. Dann bereitete er sich die Eier mit feingeschnittenen Speckstreifen zu und verspeiste sie mit dem Brot direkt aus der Pfanne, während er das österreichische Programm im Fernsehen verfolgte, gespannt, ob in der Sendung noch einmal etwas über den Vermisstenfall kommt. Es wurde nichts erwähnt. Hinterher sah er die Tagesschau der ARD an und schon um 21 Uhr lag er im Bett, war aber um 2 Uhr immer noch glockenhell wach und grübelte über seine Situation nach, dabei sich unruhig von einer Seite auf die andere wälzend. Seine Gedanken wollten ihn einfach nicht zur Ruhe kommen lassen. Unwillkürlich dachte er an das Sprichwort: „Ein gutes Gewissen ist ein sanftes Ruhekissen." Ärgerlich über seine eigenen Gedanken dachte er nur: „Du bist ein Narr, das ist doch alles so ein Blödsinn."

Schon vor 7 Uhr sprang er aus den Federn, fühlte sich aber müde und zerschlagen. Fahrig packte er seine Sachen ein, räumte auf und reinigte das Appartement, dann brachte er den Koffer und das Gepäck ins Auto. Um 8.30 Uhr klingelte er bei Inge. „Komm trink noch Kaffee mit uns und iss eine Semmel, bevor du losfährst." „Gerne, dann brauche ich vor Mittag unterwegs keinen Halt mehr machen." Hinterher bezahlte er für seinen Aufenthalt samt der üblichen Nebenkosten. Wie versprochen, hatte ihm Inge die letzten Tage nicht in Rechnung gestellt. Er bedankte sich dafür und mit Umarmungen verabschiedete er sich von der Familie und betonte noch einmal, wie wertvoll ihm ihre Hilfe war, die seelische Unterstützung und herzliche Anteilnahme: „Für alles, was ihr für uns Gutes getan habt, soll euch Gott segnen."

Inge hatte wieder Tränen in den Augen und mit Klaus bekundete sie, „die ganze Angelegenheit nimmt Klaus und mich so sehr mit, wir können es immer noch nicht verstehen, was passiert ist und die Ungewissheit zehrt an unseren Nerven. Hoffentlich wissen wir bald mehr." Peter nickte und drückte den beiden wortlos die Hand, dann bestieg er sein Auto, fuhr los und winkte noch lange zurück.

Sehr froh darüber, dass niemand hellsehen, seine Gedanken lesen und in seine Seele blicken konnte, verließ er den Schicksalsort, fuhr das Tal hinaus und Richtung Inntal zu, dann weiter über den Fernpass nach Hause. Wie zum versöhnlichen Abschied schien heute wieder einmal die Sonne vom wolkenlosen Himmel und die Berge zeigten sich im schönsten klaren Licht.

Unterwegs pausierte er, trotz seines Vorhabens durchzufahren, und verbrachte über eine Stunde in der Raststätte Aichen und, da er zu Hause keine Vorräte mehr hatte, kaufte er noch etwas für das Abendbrot ein und nahm ein Sixpack Bier und eine Flasche Rotwein mit. Spätnachmittags traf er in Bühl ein und versuchte so unauffällig wie möglich in seine Wohnung zu gelangen.

Natürlich hatte sich im Ortsteil und in der Stadt schon längst herumgesprochen, was offenbar den Bauers im Zillertal offensichtlich passiert war, und auch die regionalen Tageszeitungen hatten ausführlich darüber berichtet. Lisa war vielen Menschen persönlich bekannt und nicht nur als Schneiderin hochgeschätzt gewesen. Auch im dörflichen Umfeld hat sie sich oft und gerne eingebracht. Das wusste Peter zu genau und da hatte er heute keinen Nerv mehr, Rede und Antwort stehen zu müssen und sich die vielen gutgemeinten Fragen anhören zu wollen.

16

Kein normales Leben

Es war an dem herbstlichen Tag noch stockdunkel am nächsten Morgen, als er das Haus verließ und in die Stadt fuhr. In einem Café von „Peters gute Backstube" bestellte er ein Kännchen Kaffee und ließ sich ein belegtes Brötchen, sowie ein Croissant bringen. Das wurde sein Frühstück. Dann kaufte er im Kaufland alles Nötige ein, besorgte sich ausreichend genug Lebensmittel und andere Dinge, die er in den nächsten Tagen brauchen würde. Zum Glück waren um diese Zeit noch nicht viele Menschen unterwegs, die ihn kannten, und so kam er weitgehend unbehelligt wieder nach Hause zurück.

In den Vormittagsstunden informierte er telefonisch den Gruppenleiter in der Firma und sagte ihm: „Ich bin wieder in Bühl und will morgen die Arbeit aufnehmen. Gibt es was zu beachten oder soll ich mich noch besonders auf etwas vorbereiten?" Dann wandte er sich den angehäuften Tageszeitungen zu, und am Nachmittag legte er sich ins Bett, ohne einen tiefen Schlaf zu finden.

Wie zugesagt, ging er am anderen Tag ins Geschäft an seinen Arbeitsplatz, telefonierte mit allen möglichen Stellen und Abteilungen und informierte, dass er wieder anwesend ist. Leider ließ sich das eine oder andere Gespräch auf seinen Fall, der auch in der Firma schon lange Tagesgespräch war, nicht vermeiden. So kam er nur langsam dazu, die Menge seiner aufgelaufenen E-

Mails abzuarbeiten, die sich zu Hunderten angesammelt hatten und nicht von Kollegen hatten erledigt werden können.

Immer wieder drückte ihm jemand mitfühlend die Hand und wechselte ein paar Worte. Es sollte Trost sein, dabei hatte Peter nicht immer den Eindruck, dass es wirklich ehrlich war und von Herzen kam und insgeheim was es ihm lästig. „Ihr alten Heuchler", dachte er ein ums andere Mal. Er gab sich distanziert und versuchte alles möglichst flach zu halten und wich, da wo es ging, jeder Diskussion aus - und man hatte im Umfeld sogar Verständnis für sein Verhalten ließ ihn bald auch in Ruhe.

In der Nachbarschaft und im Bekanntenkreis war der Fall ebenfalls aufmerksam verfolgt worden und noch eine Weile besprochen. Bei vielen unvermeidlichen Begegnungen war es hier ebenfalls zum zentralen Thema geworden. Immer wieder kam die Frage auf, ob er inzwischen Näheres weiß, ob es Neues gibt und wie er damit zurechtkommt und sonst noch das übliche Blablabla.

Das ging noch eine volle Woche so weiter, dann war das Thema durch und anderen, aktuelleren Ereignissen gewichen, Peter hatte fortan weitgehend seine Ruhe. Wie sagt es schon der Volksmund treffend: „Jede Woche wird eine andere Sau durchs Dorf getrieben." Er mied möglichst jeden persönlichen Kontakt, wo es sich vermeiden ließ und ging dafür lieber alleine wandern. Dazu wählt er verschlungene einsame Wege über den Hochkopf, ging zur Hornisgrinde oder zur Badener Höhe, und da war er um diese Jahreszeit weitgehend alleine unterwegs oder wenn ihm irgendjemand doch begegnete, dann kannten sie ihn nicht.

Sobald oben Schnee lag und die Loipen gespurt waren, nahm er die Langlaufski, fuhr zum Seibelseckle, wo es für die Wintersportler viele kostenlose Parkmöglichkeiten gibt. Von da aus ging er auf die Spuren der Gaiskopf- und Schwarzkopf-Loipe. Manchmal hielt er kurz an der „Darmstädter Hütte" und gönnte sich dort ein Bier oder manchmal einen heißen Glühwein, der gleichzeitig seine kalten Hände wärmte.

Im Zillertal hatte es im Oktober viel geregnet und schon sehr früh Schneefall bis in tiefere Lagen eingesetzt. „Solange die Leiche nicht auftaucht, habe ich gute Ruhe", beruhigte sich Peter mehr wie einmal, und er versuchte Ängste und Bedenken in den Griff zu bekommen, wenn sie zu sehr in ihm aufkeimen wollten. Glücklich und zufrieden war er jedoch keineswegs, er wirkte fahrig und auch am Arbeitsplatz auffallend unkonzentriert.

Das Jahr neigte sich unweigerlich auch dem Ende zu und damit kamen die Weihnachtstage und der Jahreswechsel. Schon Wochen im Voraus dachte er an diese Tage und fürchtete sich vor dem Fest und den Feierlichkeiten und dem Rummel. Seine Söhne mit den Frauen und Enkelkindern hatten ihn wohl häufiger als sonst üblich besucht und immer ging es nur um ein Thema. Diese Diskussionen gingen ihm inzwischen sehr „auf den Geist" und er wusste auch nichts mehr dazu zu sagen. Und es kam wie er befürchten musste, selbst das Weihnachtsfest, das die Söhne mit den Familien bei ihm verbrachten, war verständlicherweise gedrückt und nicht, wie sie es in den Jahren zuvor gewohnt waren. Vor allem die Enkelkinder vermissten ihre Oma und verständlicherweise gab es deshalb zwischendurch deshalb ein paar Tränen.

Regelmäßig nahm Peter Kontakt zu Inge und Klaus in Stumm auf und gelegentlich auch zu Heinz Geisler, dem Gebietsinspektor, der ihm nichts Näheres zu berichten wusste. „Hoffentlich verheimlicht er mir nichts", dachte Peter bei den Telefonaten. „Nicht, dass er ein Ass im Ärmel hat. Heraushören konnte ich jedenfalls nichts."

Schnell zogen die ersten Monate im neuen Jahr dahin; die Schneeschmelze in den Bergen hatte im späten Frühjahr mit Wucht eingesetzt. Dann im Mai wurde mit dem gestiegenen Schmelzwasser im Tuxbach eine Leiche unterhalb des Ortes Juns angespült. Vorbeikommende Wanderer hatten etwas Verdächtiges im Bach entdeckt und die Polizeiinspektion in Mayrhofen verständigt. Da den Polizisten der mysteriöse Vermisstenfall aus dem vergangenen Jahr noch sehr gegenwärtig war, verständigte der diensthabende Inspektor unverzüglich den Gruppeninspektor Heinz Geisler. Dieser veranlasste sofort, dass die Leiche geborgen und ins Bezirkskrankenhaus nach Schwaz zur Obduktion überstellt wird. „Achtet bitte sorgfältig auf alle eventuellen Spuren und wenn welche vorhanden sind, sichert sie, macht auch Bilder vom Fundort."

Vor Ort konnte man nichts Auffälliges feststellen. Nach der Überführung traf später auch Heinz Geisler in Schwaz ein und ließ sich den Leichnam zeigen. Den vorhandenen und bei der Vermisstenanzeige beschriebenen Kleidungsstücken nach, konnte es die Vermisste aus Deutschland sein. Auch Reste vom Rucksack waren noch vorhanden. Wegen der langen Liegezeit im Wasser und dem eventuell zurückgelegten Weg waren aber keine Rückschlüsse auf die Identität mehr möglich. Trotzdem setzte sich Heinz Geisler telefonisch mit Peter Bauer in Verbindung und informierte ihn über den Fund. Der sagte ihm zu, gleich am anderen Tag zu kommen. „Gut, wir treffen uns um 15 Uhr im Bezirkskrankenhaus in Schwaz, wenn sie bis dahin vor Ort sein können. Sie können mich aber auch auf dem Handy erreichen, sollte etwas dazwischenkommen oder sich ihre Ankunft unerwartet verzögern."

Zuerst war Peter überrascht, dann schnürten ihm Angst und Bedenken fast den Hals zu und er musste sich beherrschen sich unter Kontrolle zu behalten. „Damit musste ich ja rechnen, ich habe aber nichts Verdächtiges aus dem Gespräch herausgehört", überlegte er und bemühte sich, seine innere Unruhe zu dämpfen. Trotzdem bekam er am Abend keinen Bissen mehr runter. Schon beim Gedanken ans Essen wurde ihm übel.

Seinen Söhnen gab er telefonisch die neue Sachlage durch und informierte sie über den Fund, sowie dass er morgen nach Schwaz fährt. Beide sagten spontan und übereinstimmend zu, ohne eine Widerrede zuzulassen: „Wir wollen unbedingt dabei sein und kommen mit." Damit man nicht erst nach Bühl fahren musste, wurde vereinbart, sich an der Autobahnraststätte in Stuttgart zu treffen. Gegen 10 Uhr wollten beide dort sein. Noch am Abend rief Peter im Geschäft an und entschuldigte sich für den anderen Tag und begründete es mit dem was anliegt. Der Gruppenleiter hatte Verständnis und versprach, die Termine von Peter zu übernehmen oder anderweitig zu delegieren.

In dieser Nacht fand Peter kaum Schlaf, döste nur so vor sich hin, und wenn er einmal eingeschlummert war, schreckte er bald darauf wieder auf und war schweißgebadet, sodass er zwischendurch sogar den Schlafanzug wechselte. Früh stand er auf und kurz nach 8 Uhr verließ Peter sein Haus in Kappelwindeck und fuhr auf direktem Weg nach Stuttgart. Dort traf er sich mit seinen Söhnen am vereinbarten Ort und Reiner bot sich an, auf der weiteren Strecke mit seinem Auto zu fahren. An der Grenze wurde ein Stopp eingelegt, zuerst die Toilette aufgesucht, ein Kaffee getrunken und jeder verzehrte nebenbei eine Butterbrezel. Ein Pickerl für die österreichische Autobahn musste auch noch gekauft werden und an die Scheibe geklebt sein, dann setzten sie die weitere Fahrt fort und kamen durch das Inntal nach Schwaz.

Zum vereinbarten Zeitpunkt trafen sie im Bezirkskrankenhaus auf Heinz Geisler. Auch der Krankenhausseelsorger und Pastoralassistent der katholischen Kirche war zugegen, ferner ein Pfleger, der sie in den Aufbewahrungsraum führte. Die Tote wurde aus dem Kühlfach geholt. „Verkraften sie den Anblick der Toten?", wollte der Pfleger von Peter und seinen Söhnen wissen. „Es ist kein schöner Anblick und ich kann ihnen auch nur einen begrenzten Blick ermöglichen. Die Wintermonate und das kalte

Wasser haben zwar die Verwesung deutlich verlangsamt, aber es sind erhebliche Verletzungen vorhanden. Das ist kein schöner Anblick." „Wir möchten gerne die Tote noch einmal sehen", sagten alle drei übereinstimmend. „Es ist sicher der letzte Abschied von unserer Mutter", fügte Reiner tapfer hinzu; mit Tränen in den Augen und Frank schluckte heftig und schluchzte auch schon.

Nur kurz hob der Pfleger das Laken von der Toten ein wenig an und ließ sie einen Blick auf den oberen Bereich werfen, dann legte er sachte das Tuch wieder zurück. Der Anblick war wirklich schockierend; das hatte kaum noch eine Ähnlichkeit mit der Frau und Mutter, die sie gekannt hatten. „Wir werden auch eine DNA-Untersuchung vornehmen lassen, um Sicherheit über die Identität zu haben, und ob wir sonst noch Spuren finden", warf Heinz Geisler ein. Währenddessen hatte man die Kleidung und die Reste des Rucksacks gebracht. Sie gehörten eindeutig Lisa. Das konnte Peter zumindest sicher bestätigen. Nun drückten die Anwesenden erst noch einmal Peter und seinen zwei Söhnen beide Hände und beteuerten ihre Anteilnahme an dem schweren Verlust, der die Familie unterwartet getroffen hatte.

Nach diesem formellen Teil bemühten Peter und seine Söhne Haltung zu bewahren und sie wechselten mit den anderen in einen Nebenraum. Gebietsinspektor Heinz Geisler erklärte offiziell, dass eine weitere kriminalistische Untersuchung, wie immer in ungeklärten Todesfällen, erfolgen muss. Es soll untersucht werden, ob sich Verletzungen finden, die eventuell nicht von einem Sturz herrühren und der langen Liegezeit im Wasser zuzuordnen sind. Auch eine toxikologische Untersuchung wird durchgeführt und wir versuchen Anhaltspunkte zu finden, wo ihre Frau ins Wasser kam. Vielleicht finden wir am Leichnam dazu noch Spuren." „Machen sie alles, was sein muss", antwortete Peter scheinheilig und schon wieder selbstsicherer, dass ihm aus dieser Richtung keine Gefahr drohen würde.

„Diese Untersuchungen können gut und gerne 14 Tage Zeit in Anspruch nehmen. So lange dauert es deshalb mindestens noch, bis der Leichnam zur Bestattung freigegeben werden kann", fügte Heinz Geisler an. Es hörte sich wie eine Entschuldigung an. „Wenn das soweit ist, wie sollen wir vorgehen?", wollte der Pfleger wissen. Nach kurzer Beratung kam man überein, dass eine Einäscherung vor Ort Sinn macht und dann die Überführung oder Zusendung der Urne an das Bühler Bestattungsinstitut veranlasst werden soll. Die Urnenbestattung wird danach in Bühl erfolgen.

Nach diesem Teil waren eine Menge Formulare zu unterschreiben. „Meine Frau war mit mir zusammen Mitglied im ADAC und da besteht ebenfalls eine Auslandskrankenversicherung", sagte Peter. „Das ist gut, dann sind sie wenigstens von den beträchtlichen Kosten dieser unerfreulichen Angelegenheit weitgehend entlastet", gab ihm der Pfleger zu verstehen. „Wir werden uns diesbezüglich mit dem Versicherer in Verbindung setzen, wenn sie uns eine entsprechende Vollmacht erteilen."

Alles wurde erledigt und noch kurz ein Gespräch mit dem Krankenhausseelsorger geführt. Dann verabschiedete sich Heinz Geisler freundlich: „Servus, ich halte sie auf dem Laufenden und wenn Fragen auftauchen, melde ich mich und rufe an, oder wenn sie etwas wissen wollen, haben sie ja meine Nummer. Für heute und die nächste Zeit wünsche ich ihnen alles Gute."

Nach dieser zeitaufwendigen Aktion wollte Peter ein Gasthaus aufsuchen. „Ich brauche jetzt einen Cognac und wir sollten noch was essen, bevor wir den weiten Weg zurückfahren. Übernachten möchte ich hier auf keinen Fall; fahren wir also lieber heim." Seine Söhne waren einverstanden und sie hielten in der Stadt nach einem Lokal Ausschau und hielten dort Einkehr. Die Unterhaltung am Tisch war knapp und recht einsilbig. Alles drehte sich immer wieder um die Frage der Söhne: „Was kann da passiert sein, wie und wo ist unsere Mutter ins Wasser gestürzt? Hat sie sehr gelitten, hatte sie einen Schwächeanfall, wurde sie vielleicht ohnmächtig, war es ihr übel? Diese verdammte Ungewissheit", stammelte Reiner und wieder kam er ins Schluchzen. Fragen über Fragen standen unbeantwortet im Raum.

Eine schlüssige Antwort fanden sie bei allem Reden nicht; wie sollte das auch sein? Der Abend war fortgeschritten und es wurde nun Zeit an die Heimfahrt zu denken. Bis zur Raststätte in Stuttgart brauchten sie gute fünf Stunden Fahrzeit. Somit war Mitternacht vorbei, bis sie dort angekommen waren und sich verabschieden konnten. „Wir kommen alle am Wochenende zu dir, damit du nicht alleine bist", sagte Frank bei der Verabschiedung. „Ist gut, ich richte alles her und besorge das Nötige, damit ihr im Haus übernachten könnt."

Damit verabschiedete sich Peter von den Söhnen und jeder fuhr in seine Richtung nach Hause. Nach der Ankunft in Bühl holte Peter zuerst eine Flasche Bier aus dem Kühlschrank und trank sie in einem Zug leer. Hinterher kippte er noch 2 Gläschen Bühler Zwetschgenwasser nach. Er war innerlich zu sehr aufgewühlt, um sich jetzt einfach ins Bett zu gehen, und am Morgen konnte er länger liegen bleiben und ausschlafen, denn vorsorglich hatte er sich bis zum Wochenende Urlaub geben lassen.

Sofort am nächsten Tag nahm Peter Kontakt mit dem Beerdigungsinstitut auf und besprach mit einem Mitarbeiter die Details der Überführung und dem Ablauf der Beerdigung, wenn die Bestattung freigegeben ist. Man vereinbarte, dass das Unternehmen alles mit dem Krankenhaus in Schwaz regelt und die Urne zu ihnen überstellt wird. Danach soll auf dem Bühler Stadtfriedhof eine Urnen-Bestattung nur im familiären Kreis stattfinden und hinterher im Gasthaus Lamm der übliche Abschluss. Die Verwandtschaft und Freunde sollen einen Trauerbrief bekommen, mit einem Hinweis auf die besondere Tragik des Todesfalles und der Bitte um

Verständnis, aus diesem Grunde nur im kleinen Rahmen die Verabschiedung von der Verstorbenen zu wünschen. Die soll mit Bild sein, das sie per Mail noch bekommen werden. Wer möchte, kann in den Wochen danach in der Kappler Kirche eine Messe lesen lassen. Entsprechende Hinweise will das Beerdigungsinstitut im Schreiben aufnehmen. Wieder waren viele Formulare zu unterschreiben. Der Text für eine Traueranzeige in der Zeitung wurde gewählt und abgefasst. Dann war Peter froh, auch diesen unangenehmen Teil hinter sich lassen zu dürfen.

Samstags kamen seine Söhne mit den Frauen und Enkelkindern wieder nach Bühl. Gemeinsam gingen sie zum Mittagessen ins Gasthaus Yburg in Altschweier und dabei informierte Peter sie, was er mit dem Beerdigungsinstitut besprochen hatte und was alles an Formalitäten abzuwickeln war. Sie blieben bis zum Kaffee, begaben sich am Nachmittag alle zu ihm nach Hause und verbrachten dort den Abend. Die Enkelkinder wurden um 20 Uhr ins Bett gebracht. Die Erwachsenen diskutierten bei einigen Gläsern Rotwein und Weißwein noch Stunden, bis auch irgendwann der Letzte müde war und sich niederlegen wollte. Das Fazit am Ende eines langen Tages war, wieder wurde viel geredet, was vielleicht dem Gemütsleben guttat, aber an der Situation nichts verbessern konnte oder geändert hatte. Und so gingen alle mehr unzufrieden als in der Situation gefasst ins Bett.

Niemand kann den Lauf der Zeit aufhalten. So ging es unweigerlich in einen neuen Morgen hinein und kurz nach Öffnung am Sonntagmorgen holte Peter beim Bäcker, im üblichen Ritual, eine große Tüte Brötchen, während die Frauen schon Kaffee und Milch zubereiteten und den Frühstückstisch richteten. Dann frühstückten sie alle zusammen. Für die Enkelkinder hatte der Opa extra süße Stückchen mitgebracht und es gab Früchte aus dem Einmachglas, eine seiner Schwiegertöchter machte Rührei in der Pfanne. So verlief das Frühstück im ganz normalen Ablauf eines idyllischen Familienlebens, wie man meinen sollte, doch die Stimmung sagte etwas anderes.

Die Schwiegertöchter wollten auch später gemeinsam das Mittagessen kochen und dann saßen sie alle lange zusammen und was taten sie, sie diskutierten und worüber wohl? Natürlich über das tragische Ereignis, wie es weitergehen soll und über „Gott und die Welt". Schnell vergingen die Stunden und Peter hatte schon eine halbe Flasche Rotwein gelehrt. Die Söhne blieben beim Mineralwasser und tranken nur einen Schnaps, da sie ja noch fahren mussten. Spät abends verabschiedeten die Angehörigen sich schließlich, nach diesem denkwürdigen Wochenende, sie fuhren nach Hause, denn am nächsten Tag wartete ein Arbeitstag auf sie, sowohl bei Peter, wie auch bei seinen Söhnen. Der normale Alltag kehrte ein, aber nicht wie es zuvor war.

Vierzehn Tage später traf ein Einschreiben der Staatsanwaltschaft Schwarz ein, mit dem Hinweis, dass die Untersuchungen keine neuen Erkenntnisse erbracht hatten. Der DNA-Test habe eindeutig ergeben, dass es sich bei der Toten zweifelsfrei um Lisa Bauer handelt. Da als Todesursache sowohl ein Unglücksfall, ein Suizid oder ein Verbrechen ursächlich sein könnte, zum gegenwärtigen Zeitpunkt und aufgrund der gegebenen Umstände genaues aber nicht mehr feststellbar ist, wird das Verfahren vorläufig eingestellt. Der Leichnam ist zur Bestattung freigegeben. Das Dokument war mit einem wichtigen Stempel amtlich besiegelt.

Das Schreiben überbrachte Peter dem Mitarbeiter des Beerdigungsinstituts, damit diese nun aktiv werden konnten und ihren Teil tun sollten. Sie sollten mit dem Bezirkskrankenhaus den weiteren Ablauf abstimmen. Nebenbei informierte Peter auch seine Söhne über den Eingang des amtlichen Dokuments. „Jetzt kann endlich auch der letzte Teil angegangen werden und Lisa bekommt eine würdige Bestattung", seufzte Peter im Gespräch mit seinen Söhnen mit weinerlicher Stimme. Eine Woche später folgte die Urnenbestattung mit einem Kaplan der Kirche und in Anwesenheit des Bestatters. Nur die Familie mit den Kindern und Enkelkindern standen um das kleine Loch im rundum gepflegten Rasen, das die Urne aufnehmen sollte.

Hinterher ging die Familie zum gemeinsamen Essen ins Gasthaus Lamm und später noch zum Kaffee und auf einen Umtrunk ins Café Böckeler. Der Ablauf auf dem Friedhof, wie auch alle weiteren Aktivitäten des Tages, verliefen im unaufgeregten Rahmen. Jeder zeigte sich in der Situation gefasst. Zu lange schon hatte sich das alles nun schon hingezogen. Trotzdem flossen noch einmal Tränen und Peter hatte von allen Seiten Beileidsbekundungen und Anteilnahmen anzunehmen. Dann war auch dieses traurige Kapitel erst einmal abgeschlossen und Peter hoffte sehnlichst, dass jetzt schnell Normalität einkehren würde. Das war aber Wunschdenken, denn nichts war mehr so wie es war, denn die Familie hatte ihren Mittelpunkt, den ruhenden Pol verloren, das Herz hatte aufgehört zu schlagen und das stand auch so unausgesprochen im Raum.

17

Ist das Ziel erreicht?

Wochen später folgte ein Notartermin wegen des Testamentes, ferner Gespräche in der Bank und andere Erledigungen, die mit dem Tod von Lisa Bauer zusammenhingen. Die alles beschäftigte Peter Bauer nochmals mehr wie er wollte oder gedacht hatte. Es dauerte dann auch noch Monate, bis die Lebensversicherung die Summe aus dem Vertrag bezahlte und das Geld auf seinem Konto einging. Da sie sich rechtzeitig schon lange vorher gegenseitig als Erben bestimmt hatten, gab es diesbezüglich keine Überraschungen - auch nicht mit den Söhnen. Die Kosten für das Krankenhaus, die Überführung der Urne und die Beerdigung erstattete die Versicherung des ADAC. Insofern hätte bei ihm in Kappelwindeck nun alles seinen gewohnten Gang und den neuen Gegebenheiten gehen können.

Das tat es aber beileibe nicht. Obwohl sich die Söhne und Schwiegertöchter häufig meldeten und regelmäßig den Vater besuchten, sowie Peter manches Wochenende mal bei dem einen und dann beim anderen zu Besuch war und zubrachte, lief nichts mehr normal. Nicht einmal die Besuche der Enkelkinder, die abwechselnd mehrere Tage zwischendurch beim Opa verbrachten, verliefen wie von früher gewohnt.

Im Haushalt tat sich Peter eben falls schwer. Neben seiner Arbeit konnte er alles kaum bewältigen und hatte keine Lust dazu. Seine Hemden brachte er wohl in die Reinigung, wo er sie gebügelt abholen konnte, aber vieles andere ließ er lässig schlampern.

Selbst sein ganzer Stolz, der Hausgarten, sah nach Monaten ungepflegt aus. Oft war er unkonzentriert und mit den Nachbarn und anderen geriet er wegen kleinsten Kleinigkeiten in Streit. Er war aufbrausend und streitsüchtig geworden. In der Stadt und weiteren Umgebung gab es durchaus Frauen, die sich gerne ein wenig um ihn gekümmert hätten. Schon durch die Tatsache, dass er ein Haus besaß und aus der Versicherungsleistung nicht unbedeutende Rücklagen, wurde er durchaus als eine gute Partie angesehen und eine Verbindung somit sehr verlockend. Alle Versuche und Annäherungen wies er aber schon im Ansatz brüsk ab. So mied ihn das Umfeld schnell. Man zog sich mehr und mehr zurück und beschränkte Kontakte nur noch auf das Nötigste.

Zur eigenen Verwunderung wurde er immer unzufriedener. Nun hatte er doch seine Freiheit, die er sich gewünscht hatte. Zufrieden war er trotzdem nicht. Sein Gewissen quälte ihn, nachts fand er stundenlang keinen Schlaf oder häufig wachte er schweißgebadet auf und grübelte stundenlang vor sich hin.

Seinen Söhnen blieb die Veränderung ihres Vaters nicht verborgen. Sie brachten es aber mehr mit der unbewältigten Trauer in Verbindung, in der sie ihren Vater gefangen sahen. Deshalb gaben sie ihm immer wieder einmal den Rat, dass er doch Urlaub machen, verreisen sollte, damit er aus seiner Isolation rauskommt und Ablenkung findet.

Nach Ostern ließ er sich zu einer Auszeit überreden, buchte eine Last-Minute-Reise und flog nach Teneriffa, wo er in einem guten Hotel untergekommen war und 14 Tage im „Ewigen Frühlingen", wie die Kanaren bezeichnet werden, am Meer verbringen konnte. Täglich wanderte er im Süden der Insel stundenlang bei Los Christianos und in Playa de las Americas den Strand entlang, führte Selbstgespräche und redete imaginär mit seiner Frau. Seine Schlafstörungen wurden nicht besser und er verfiel zunehmend und häufiger in eine tiefe Melancholie oder Depression. Wenn er sich zu schlecht fühlte, trank er eine Flasche spanischer Vino Tinto und mehrere Gläser des legendären spanischen Brandy Carlos I, dann legte er sich ins Bett und war nach ein oder zwei Stunden wieder hellwach.

Zu Hause suchte er Hausarzt auf und wollte Schlaftabletten verschrieben haben. Dieser riet ihm aber zu einer Kur mit gleichzeitiger psychiatrischer oder psychosomatischer Behandlung. „Bei dem, was sie erlebt haben, ist das nur eine Formalität mit der Krankenkasse", fügt er hinzu, um seinem Rat mehr Gewicht zu verschaffen. Insgeheim war Peter aber klar, dass das auf keinen Fall für ihn infrage kommt. „Ich will mir doch nicht von einem Seelenklempner in mein Innerstes blicken lassen und möglicherweise kehrt man gegen meinen Willen das Unterste nach oben und ich plaudere Dinge aus, die ich nicht preisgeben möchte", dachte Peter, sagte das aber keinesfalls laut. Stattdessen brachte er Terminschwierigkeiten und weitere Gründe als Ausreden vor, warum so eine Kur zurzeit nicht möglich ist. „Besser wäre es sicher, aber aufdrängen kann ich es ihnen nicht", meinte der Arzt zu der ablehnenden Haltung.

Wieder zogen Wochen ins Land. Längst war ein neuer Sommer gekommen und das bedeutete Ferienzeit, wo die Enkelkinder ein paar Wochen beim Opa verbringen wollten. Um Nägel mit Köpfen zu machen und abzusprechen, ob er die Kinder holt oder ob man sie bringen soll und wie lange sie bleiben können, versuchten die Schwiegertöchter und zwischendurch auch die Söhne den Vater telefonisch zu erreichen. Er nahm nicht ab und war auch auf dem Handy nicht erreichbar. Das war schon erstaunlich und auffallend. Sie konnten sich das nicht erklären, es ging aber tagelang so und bald machten sich die Angehörigen Sorgen um ihn.

Besorgt telefonierte Reiner mit seinem Bruder: „Hast du von Vater was gehört? Wollte er in Urlaub gehen; ist er ins Zillertal gefahren, ohne uns etwas zu sagen? Wir bekommen ihn nicht ans Telefon." „Nein, ich habe nichts gehört; und uns geht es nicht anders, wir erreichen ihn nicht", erwiderte Frank. „Ich wollte dich deshalb auch schon anrufen."

„Weißt du was, ich fahre am Samstag einfach nach Bühl", sagte Reiner. „Vielleicht erfahre ich vor Ort was los ist oder jemand in der Nachbarschaft kann mir sagen wo er steckt; ob er verreist ist und vergessen hat uns zu benachrichtigen. Denkbar wäre das schon, so eigenartig und verschlossen wie er sich in den letzten Monaten verhalten hat."

Nach dem Frühstück am Samstag fuhr Reiner los und kam noch am Vormittag beim Elternhaus an. Auf sein Klingeln hin öffnete niemand und es rührte sich auch nichts im Haus. Da er immer noch einen Haustürschlüssel besaß, öffnete er die Türe und ging ins Haus.

Es schien auf den ersten Blick bewohnt. Ungewaschenes Geschirr stand auf der Spüle in der Küche; schon mit angesetztem Schimmel zwar, sonst machte aber nichts den Eindruck, dass sein Vater abwesend sein könnte. Reiner suchte in allen Zimmern, ob vielleicht sein Vater irgendwo hilflos liegt; nichts. Dann ging er in den Keller; er könnte ja verletzt dort aufzufinden sein. Auch wieder nichts; zuletzt stieg er auf den Dachboden - und da fand er ihn. Sein Vater hatte sich an einem Dachbalken erhängt.

Der Zustand, bedingt durch die sommerlichen Temperaturen, war nicht beschreibbar. Nachdem er sich von dem Schreck etwas erholt hatte, verließ Reiner fluchtartig den grausigen Ort und benachrichtigte die Polizei, die einen Beamten für die nötigen Maßnahmen schickte, der einen Arzt anforderte und das Beerdigungsinstitut verständigte, die einen Mitarbeiter schicken sollten, damit er nach der Freigabe die Leiche birgt und das weitere veranlasst.

Reiner blieb inzwischen nur die undankbare Aufgabe, erst seine Frau zu benachrichtigen und sie zu informieren, was vorgefallen ist. Danach setzte er sich auch mit seinem Bruder Frank in Verbindung und berichtete auch ihm von dem traurigen Ereignis. Dann musste er erst einmal die neue Situation verdauen und war dann froh, dass nach und nach die benachrichtigen Personen eintrafen und er dadurch wieder Ablenkung fand und stark sein musste.

Als Vermächtnis fand er alle Unterlagen wohlgeordnet auf dem Schreibtisch vor, aber keinen Abschiedsbrief, keine Erklärung, in dem der Vater über seine Beweggründe etwas wissen ließ. Er hatte sein für ihn so belastendes Geheimnis am Ende mit ins Grab genommen.

Leser-Information zu Walter W. Braun

Der Autor, Jahrgang 1944, ist Kaufmann mit abgeschlossenem betriebswirtschaftlichem Studium. Bis zum Ruhestand war er als Handelsvertreter aktiv. Um dem Tag Sinn und Struktur zu geben, begann er Bücher zur eigenen Biografie oder Fiktionen zu unterschiedlichen Themen – teils mit realem Hintergrund – zu schreiben. Es ist ein Zeitvertreib und spannend, wie sich von einer Idee, der Bogen zwischen fiktiver Geschichte hin zu einer schlüssigen Story entwickelt. Wichtig ist es dem Autor, dem Leser ohne große Schnörkel und literatursprachlichen Raffinessen, Unterhaltung zu bieten, oft ergänzt mit seiner subjektiven Meinung. Er will durch seine Erzählungen zudem Hintergrundwissen vermitteln, Hinweise auf landschaftliche oder historische und geschichtliche Besonderheiten geben und mit informativ bildhafter Darstellung an reale Plätze führen, wo sich die dargestellte Handlung abgespielt hat. Wenn es den Leser anregt sich selbst vom Handlungsort, den Schauplätzen, ein Bild zu machen, ist das Ziel erreicht.

www.schwarzwaldautor.de

Weiterlesen? Im Handel erhältliche Titel des Autors:
Alle Bücher sind kurzfristig bei BoD, Buecher.de (versandkostenfrei), Amazon und anderen im Internethandel, erhältlich, ebenso im örtlichen Buchhandel, sowie als E-Books.
Mehr: **www.schwarzwaldautor.de**
Leben ist Glück genug - Vom Schwarzwald zur Seefahrt bei der Marine
Paperback, 280 Seiten, 8 Farbbilder, ISBN 9-783-735-743-411
Aufwärts ist längst nicht oben
Paperback, 356 Seiten, 35 Farbseiten, ISBN 9-783-735-739-056
Top-Touren im Südwesten - für geübte und konditionsstarke Wanderer
Paperback, 160 Seiten, 45 Farbseiten, ISBN: 9-783-750-431-430
Zu Fuß dem Südwesten hautnah 111 Tipps und mehr - ein etwas anderer Wanderführer
Paperback, 260 Seiten, 46 Farbbilder, ISBN 9-783-738-628-814
Deutsch-Französische Liaison - C'est la vie
Paperback 116 Seiten, 13 Farbbilder, ISBN 9-783-739-223-629
Tod am Lisengrat - Eifersucht unter ungleichen Brüdern
Paperback, 116 Seiten, 2 Farbbilder, ISBN 9-783-734-752-551
Drama am Breithorn
Paperback, 108 Seiten, 6 Farbbilder, ISBN 9-783-734-765-131
Verschollen am Großvenediger - Hilflos in eisiger Sphäre
Paperback,156 Seiten, 11 Farbbilder, ISBN 9-783-738-645-484
Zu fit für den Ruhestand - zu alt für einen Job
Paperback, 108 Seiten, 11 Farbbilder, ISBN 9-783-735-743-213
Der Spieler - Ein ungewöhnlicher Kriminalfall
Paperback, 132 Seite und 6 Farbbilder, ISBN 9-783-734-776-199
Im Banne des Moospfaff
Paperback, 120 Seiten, 10 Farbseiten, ISBN 9-783-741-226-601
Dunkel überm Eulenstein - der Baden-Krimi
Paperback, 144 Seiten, 12 Farbseiten, ISBN 9-783-741-299-490

Reflexion des Lebens in Lyrik und Prosa
Paperback, 140 Seiten, 23 Farbseiten, ISBN: 9-783-741-276-576
Resi's Gedichte und sonst nichts
Paperback, 144 Seiten, 8 Farbbilder, ISBN 9-783-734-771-965
Glauben ist einfach - oder einfach glauben
Paperback, 340 Seiten, 25 Farbseiten, ISBN 9-783-735-722-829
Lach mal wieder
Eine Sammlung von 163 Liedern, Vorträgen und Sketchen
Paperback, 292 Seiten, 17 Farbbilder, ISBN 9-783-741-228-766
Über Grenzen gehen - Wenn einer eine Reise tut...
Paperback, 360 Seiten, 26 Farbseiten, ISBN 9-783-734-746-925
Sabotage im Weinberg - Tatort Durbach
Paperback, 124 Seiten, 12 Farbseiten, ISBN 9-783-741-297-250
Mein Freund der Alkohol - Kritische Betrachtung eines ambivalenten Genussmittels
Paperback, 244 Seiten, 18 Farbseiten, ISBN 9-783-743-138-612
Der Eremit vom Wilden See - Ein entschlossener Aussteiger
Paperback, 252 Seiten, 29 Farbseiten, ISBN 9-783-744-856-829
Meine Rache ist Amok
Paperback, 236 Seiten, 5 Farbseiten, ISBN 9-783-749-453-061
Der Seppe-Michel vom Michaelishof - Eine Schwarzwald-Saga
Paperback, 304 Seiten, 23 Farbseiten, ISBN 9-783-746-026-308
Michaelishof Eine Tochter muss sich behaupten
Schwarzwald-Saga Teil 2
Paperback, 336 Seiten, 23 Farbseiten, ISBN 9-783-744-840-392
Gottes Wesen verstehen
Paperback, 256 Seiten, 12 Farbseiten, ISBN: 9-783-751-972-734
Der Blitzschutz-König
Paperback, 312 Seiten, 19 Farbseiten, ISBN: 9-783-751-958-240
Leben im Corona-Nebel
Paperback, 220 Seiten, 9 Farbbilder, ISBN: 9-783-752-610-161